山水辞

寒江雪◎著

中国民族文化出版社
北 京

图书在版编目（CIP）数据

山水辞 / 寒江雪著 . --北京 ：中国民族文化出版社有限公司，2023.11
ISBN 978-7-5122-1838-3

Ⅰ.①山… Ⅱ.①寒… Ⅲ.①诗集—中国—当代
Ⅳ.①I227

中国国家版本馆 CIP 数据核字（2023）第 217159 号

山水辞
SHANSHUI CI

作　　者　寒江雪
责任编辑　张　宇
责任校对　钟晓云
装帧设计　人文在线
出 版 者　中国民族文化出版社　地址：北京市东城区和平里北街 14 号
　　　　　邮编：100013　联系电话：010-84250639　64211754（传真）
印　　装　三河市龙大印装有限公司
开　　本　710mm×1000mm　16 开
印　　张　19.5
字　　数　160 千字
版　　次　2024 年 3 月第 1 版
印　　次　2024 年 3 月第 1 次印刷
标准书号　ISBN 978-7-5122-1838-3
定　　价　80.00 元

前　言

我能给你的，无非是
白天和黑夜。或星辰如海
或春暖花开，或夜黑风高
或白雪皑皑，又或者
那些你我想亲吻而又未吻的
湖泊、山川、草木、飞禽、落花、白云……
以及风，和我们作为人该有的信仰和思考
合卷时，如果你才蹙眉又微笑
我庆幸你收到了我给你的所有礼物

二十余载以诗叩道，愈惑志愈坚。大道虽远，希夷间，心远地偏，着诸相，是为诗。故诗者犹道相也，媚于抒情，惑于隐喻。子曰："小子何莫学夫诗？诗，可以兴，可以观，可以群，可以怨，迩之事父，远之事君；多识于鸟兽草木之名。"《尚书》又云："诗言志，歌永言，声依永，律和声。"此君子匹夫之谄道也，噫嘻，余亦不免焉。

2023－6－27，寒江雪于校舍

目　录

卷一　现代诗

卷二　古典诗词

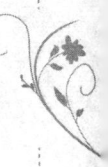

卷一　现代诗

致李白

每当月光荒芜
我便来与你饮一杯残酒
脸上盛开着牡丹，澹荡地
吐出万古的愁
钟情白发和梦，把流水
打磨成明镜，挂在天上
听行板似的捣衣声
故乡是珍馐里的骨头
平林啃食峰峦，岚气诞下长亭
此时，桃花潭干涸成眼窝
于是你馈我智齿般疼痛的黄河水
我赠你南山下横着的空舟

归去来兮辞

不如归去
在历史的白骨堆里
酝酿暴君，也抚弹幽兰
向美人学习蹙眉
轻叹间掀起飓风，横扫唐宋
用梅花雕琢形骸
暴雪来临前，蛰伏于南山

不如归来
刈尽瘦菊的头颅
置于蔓草之上
祭奠过往的饮烟，或者
向最后的春天示众
竹子开花时
所有的隐喻，都将
骨折于明天

长椅轶事

沉默不是为了聆听
稀释愁怨，或制造新敌
让拐杖休息，将白森森的问号扳直
啜泣或者欢笑，泪水
被岁月注解成宿命，或游戏？
一位拾荒者躺平，像个皇帝
至于花开与不开，无法决定
所有的秘密被一棵树投影
收集月光分发给平民
屁股决定脑袋的铁律失效
光阴和言辞，需要打磨得再钝些

对岸

怀揣一把断水的刀
我想给你春天
可你无须拒绝
迟暮的斜阳里，早已洒满
你柳眉般的闲愁

山水辞

向群山学习沉默
我懂得了思考
向流水学习奔跑
我懂得了释怀
至于白云，可以托付将来
还剩下几缕无处安放的闲愁
暂且化为诗酒
半生已过，我方知
山是水的骨，水是山的血
而我，是山水的子孙

“元谋人”遗址考古第七次发掘记略

挖掘惊雷和闪电
释放一个烟雨迷蒙的清晨
时光的鳞爪如菌子般破土
此刻，一百七十万年太短
脱口而出的升起和落下
只把奔跑和驻足钙化成石头
一个声音从子宫般的幽谷响起——
我知道我是谁
我知道我从哪里来
我知道我要向哪里去

墓碑

终于可以
沉默如兰而无罪
若亲朋来此一游
请把石头上的文字如诗般朗读
至于仇敌，来或不来
这块碑，便是一直竖起的顶风的旗

苴却砚

捶打命运之前
它惯性地替我做了一场梦：
江南的烟雨初霁
一轮满月从江心
照亮梦中人的离愁
星光不甘寂寞
点缀江山一叶
轻舟和钓叟

梦醒时，命运注定
一生承载黑，兑现白

父亲

老牛般的眼神里藏着江河
总流淌着自己才能听懂的歌
额头上的沟壑用来隐藏烽火

最奇妙岁月的刻刀总有娴熟的伎俩
毫无悬念地把我雕刻成你的模样——
石一样的硬，东山一样的倔强

热风

起于林梢的一次轻摇
似是女儿的一声轻叹
于蝉噪里汲起爱的温度
如她的纤葱玉指轻拂脸庞
元谋这片黄土地上便有无数子房膨胀
玉米背上盖着纱巾的胖娃娃
熟睡了便向后耷拉
无垠的稻谷在一片蛙声里低头
积攒着阳光和汗水的重量
还有山坡上结籽的小草
龙川河畔星星点点红透了的蓼
热风是它们内心放出的火
爱的烈焰从根里滋长
燎着这热坝的姑娘
姑娘便有秘密如热风涌动
从此阴晴圆缺密约潮汐
胸脯如蜜桃般隆起
这片热风吹拂着的黄土地
有火一样的血液在流淌

清照

藕花深处也藏不住
一轮洁白溺水的笑
让光阴覆上霜的香
圆缺便含蓄凄切如眉

月季

她知道门外的月季开了吗？
枝条已经长高许多，就要越过围墙
花朵和紧锁的铁皮门交相辉映
它们都是红色的，也许
还有她走时的高跟鞋，唇和笑

野鸽子落在夕阳照着的青瓦房上
院子里落下了什么吗？除了青苔，芳草
可以肯定，还有她不知道的怒放的寂寥

元谋人小传

最早让我的故乡元谋惊艳于世的
是两枚小小的古猿人门牙
形如两柄祖先曾挥舞过的石斧
一柄开天，一柄辟地
从此洪荒便有了主宰

这两枚祖先口中的先锋
曾咬痛母亲裸露的乳房
也曾令虎豹豺狼惊悚
它俩在这片红土地下
相守了约一百七十万年
直到 1965 年 5 月 1 日下午 5 时许
它俩在老城乡上那蚌村西约五百米处的土堆里被发现
从此，东方人类的传奇开始在这片热土上流传
如今，它俩静静地躺在元谋人博物馆的展厅里
浅灰色的质地如同故乡秋池里的烟雨
其体内连着的血色江河早已枯竭
它俩不用再厮杀生命的烽烟
可当我们虔诚地细细凝眸
仿佛它俩依然聆听着这片红土地上的心跳
触摸着这片江山的脉搏

拨开历史的迷雾，我们找到了生命的根
我们知道了从爬行到直立
要穿过多少荆棘和烟云
肃然起敬间，一段尘封的传奇惊艳世界
从此，在这片红土地上繁衍生息了百万年的元谋人*心中
竖起了一座自豪的不朽的丰碑——“东方人类共祖地”
而这两枚祖先的门牙
便是招魂的圣物

*元谋人：据两枚古猿人门牙命名的古代人类为“元谋猿人”，简称“元谋人”。

玫瑰

燃烧的吻盛开前
请允许我以此花之名
高举这杆顶风的旗
插上你青春之岛的高地
之后我要做的，便是将你的一生
耕耘成我独享的皈依的圣地

关于她

她走了
像白云掠过山岗
像清风辞别明月

关于她的消息
月亮用圆缺占卜
风依然舒展黎明，卷缩黄昏
只是把悲欢都写在了云上

怀念一条小路

我怀念这条我正走着的小路
它的模样既熟悉又陌生
路边堆红的三角梅又抽出新的枝条
矮墙下倒竖着的石磨盘还拴着那条白狗
它蜷缩的样子和昨天一样，只是听见我的脚步声
它没有和昨天一样发出哼鸣
飞鸟依然掠过天空，它飞翔的姿势和弧线也许不同
但远去的飞影仍旧落在灰色的云里
像早已觅定的归宿朝它敞着大门
地里的麦子昨天刚收割完，今天
只剩下些银白色的麦茬在晚风里发着微光
远方的山脊又朦胧成海岸
那些灰色镶金边的云潮水般向我涌来
天空又隐晦如那年四月的海
我转身往回走，才发现来时的路一直伸入远方
像一条灰色的脑神经连接着回想不起来的旧梦
我怀念这条我正走着的小路
像是去赴一场约，又像是
去赶赴一场告别

桉树

顺从风，便有了风的模样
日复一日，风被定格
还是风定格了一切

那日，我从绿荫下走过
听见风又在唱歌
没有飞鸟，我是唯一
顶风的听众

金沙湖

在金沙湖上泛舟，不需要酒
便能收获“处江湖之远”的错觉
湖水浆洗流云，无声胜有声
梦一样的蓝无法溶解天上掉下的黑白
恰如苍狗吞不掉诗人的愁
只需一声嗟叹，时光死而复活
那些在炊烟里熏蒸过的日子被重新定义
沉淀的事物只剩结痂脱落后发红的痒
也许，生命的重量需要用欢笑来称量

过眼青山从未老去
碧水悠悠常待来者
一只白鹭从瞳孔的深渊里飞起
书生意气里的江山肥了又瘦
夕阳下，即便无风
执念掀起的金色微澜，也能湮没归程

四月五日所见

在一块斜阳半照的麦地里
晚风吹过她的阴天，也吹拂她的晴天
她每挥一次镰刀，便放倒一片阳光
任凭身后的男人捆紧她金黄的唠叨
男人壮实且沉默
仿佛一肚子生锈的话再次锻打
小女孩拾麦穗，一会儿去追逐飞鸟
一会儿又去捉蚂蚱

他们披着星光回家
男人的箩筐里，颤悠悠的
一头担着麦子，一头担着小女孩
上到坡头，一轮满月刚好压在男人的扁担上
颤颤巍巍的圆，像她衣服里藏着的蜜
男人回头笑笑，只见
女人骑在驮着麦子的驴背上
裹着头巾，像个新娘

致黛玉

不要再用蹙眉收集冷寂的神辉
寒潭的鹤影去了，花魂易睡
可锦心绣口怎锁得住东君，低首间
每一个噙香的字都含着命运的咸味
他给你甘露，你还他眼泪
多么荒谬绝伦的天上仙配
可你不知道，真的不知道
这里是人间的泥淖
大观园的笑里也藏着霜刀
迷津的烟波笼罩着前盟
一块顽石怎护得了一株草

愿辞

我有垂天的云
愿你寒窗里不负青春
云中锦书，你春风得意万里鹏程

我有十里春风
愿你三月桃花醉其中
岁月静好，你人面如花花正红

我有相思的月
愿你对镜红妆颜色鲜
花开富贵，你清闲人间永团圆

清明后

今日，春风的路好长
我寻着云踪，去找打结的时光
这袅娜的西风，从昨日的清明吹来
耳语般裹着我的脚步前行
我们互相倾诉又倾听
没有雨，杏花已凋谢
蜿蜒的小路，是我还是谁
扔下的愁肠。酒家——
早已在唐诗的愁思里打烊

桉树颂

不去高山比松柏
不藏深谷染兰香
不立破岩舞西风
不学梅花寒冬放
更不愿，瘦如秋菊夸霜冷
只好村头田野寻常处，立成自己的模样
每当微风乍起，摇曳的身姿
多像酒醒后科头*而立的诗人凝望夕阳
可这一切都不是我的本意
我只愿，在烈日炎炎的夏天
有人或牛在我的浓荫下乘凉

*科头：不戴冠盔，裸露发髻。

石头庵

窗外的芦花下一场流年的雪
大红的胸衣就挂在轩窗前
从去年深秋到今年三月
这又是个惆怅的春天
内心不曾枯萎，心花就不曾凋谢
那些经年的渴望又鲜活在暗夜
自从你出了门我入了门
菱花镜换成了古佛青灯
从此一别两宽，不谈相欠与亏欠
可越不愿想越难忘，青春的渴望
内心的江河无风起浪。珍藏寂寞的人
如何渡无船的迷津
木鱼声声，夜色深沉
说什么色即是空，空即是色
一切如梦幻泡影，余生要清清静静
还是忘了吧，放下吧
下雪的春天不会再来了
直到那个微雨的黄昏
他的骨灰被送到了山门
相知相欠都是天注定，临死前他说
他心里只有过一个女人

最爱看她大红热烈的心
死了他，了却了她
她把他埋在庵前的苦楝子树下

乡愁六识

给我一缕清风白，清风的白
晚风拂过田野，母亲花白的发梢扬起的白
这雪花一样的白，纯洁的白
是思念的白

叫我一声乳名，乡音的乳名
拐杖撑着挺不直的腰，父亲那带着颤音的乳名
这魂牵梦萦的乳名，梦一样的乳名
是心酸的乳名

飘一缕夜来香，月光的香
村前的坝塘埂上，凤凰花儿正含苞欲放
这少女的香，怀春的香
是青春的香

喝一口苦井水，生命的水
流逝的岁月有歌，也有泪
这苦涩的滋味，忘不掉的滋味
是童年的滋味

抱一抱那棵酸角树

刻着我俩名字的酸角树，初恋的树
相思的树，斑驳的树皮已皲裂
如同岁月的茧

捋一捋天涯的忧，海角的愁
他乡的月亮没有故乡圆，相思如酒
这多情的夜晚，我的梦白了头
是故乡的愁

虚拟之夜

沉默是夜的力量
沉默是夜的锋芒
只有夜不需要粉饰

把黑还原成黑
把白埋葬成白
没有风，万物归位
人间所有喧嚣和泡沫都自行瓦解
阳光下的一切饰辞都不攻自破

在挽歌中孕育新生
于沉默里酝酿惊雷
这夜，越是黑得锃亮，黑得沉重
曦光里，成熟的麦穗便越发光芒万丈

黄昏（一）

群山渐渐仰倒
仿佛迟暮的美人
眉目间流出橘红色的
回光返照

那棵山坡上的树
送别夕阳，孤独的身姿
画出风的模样。是谁
用瞳孔勾勒出
摄魂的天然曲线
仿佛梦的波浪

黄昏（二）

黄昏是匹野马
在我无垠的思绪里驰骋
旧梦被踏起风尘
每一段过往，都是一座沉默的山峰

天空是鹰的归程
风的流浪才刚刚开始
不需要指引。那只
随风而逝的鹰，是坚定的追风者
而我走在夜色里
开始用脚步丈量彷徨

夜的放逐术

黑夜从无数瞳孔里流出
这夜的放逐术。使得
群山躺平，天空静穆
小草和大树相等如芥
蟋蟀如雄鹰一样高鸣
人间谢幕又开幕

灵魂被黑夜放逐的人
无需视线，只需内省
神经便如高铁，思想的车头
要在光阴的哪个车站停，便停

还灵魂放荡不羁的本性
真相有了厚重的底色
群星方能在天空闪耀
一切有被重新定义的可能
比如过去、未来、城市、村庄
以及风的颜色和方向

如果白昼是肉身的枷锁
可将灵魂放逐于黑夜

无风时，用星光泡茶
起风时，用月光沐浴
或冲浪。随你喜欢

流浪狗

是风给了它一身嶙峋的骨头
它看我的眼神，仿佛
我才是一条失魂落魄的狗
它往前去，我往回走
身后的夕阳就要落下山头
也许，它和我一样
爱着这多情的黄昏，以及
风一样的自由

夜风（一）

如果你在白日里沉默
便在夜里大喊吧
用不着担心因为你的喊声
而改变了风的颜色

夜里的风比白天更荒诞
这铁幕一样的夜色
正用一种死的庄严恪守忠贞
它是风的乐园
是哲人的道场
是白昼的子宫，也是
独行者的牢笼

顽固的独行的人
哪怕是在夜风里
也是危险光荣的逆旅

夜风（二）

夜里的风没有方向
在夜风里行走的人自封为王
借着风的力量放牧黑夜
或被黑夜放逐。每走一步
属于自己的光阴便缩减七十五公分
灵魂的重量便增加一克

人间的泪溅到天上
满天的星斗便亮了
夜风有了淡淡的咸味

夜的修辞（一）

像三十七度的白葡萄酒
十五的月亮预演离别
每一缕清冷的光都写满亏欠
蟋蟀声里，寂寞被提前唤醒
一种莫名的冲动在微熏的躯体里燃烧

众神送我一场梦魇
让我试图定义黑夜
夜色一半荒诞，一半庄严

夜的修辞（二）

只有黑夜能缝合大地的伤口
那些山路上起伏的车灯
田野间跳动的手电筒光
灯火阑珊的后街
全都是白昼的复仇者
它们固执地揭开白昼的痂皮
试图用夜的反刍
试图用汗水和茧
豢养下一个白昼

夜的修辞（三）

凡人睡去，众神方醒
这盖尸布一样的
暮色，无声地吞下
西天怪诞的灵车
天和地相逢一笑
共筑母亲般的牢笼

该歌颂这温柔的
坟墓般的黑
它浇筑暗，也孕育光
你看那天上闪烁的星
山坳里萤火虫般的灯
以及孤独的
眺望远方的人

夜的修辞（四）

心向光明者，必从夜里来
那些空谷里的幽兰
是夜的偷渡者

我深知夜的秘密
青黛色的天幕
能让世间每一个人
成为自己的王

夜的修辞（五）

这弥漫着的
如同乌贼受惊时吐出的黑
是神给众生的酒

夜的修辞（六）

我把目光投向夜的更深处
黑洞洞的黑里有猜不透的时光
岁月的刀锋朝向自己
我在夜里埋名如野草
也自封为王

我知道，在那躺倒一片秸秆的玉米地里
有几座新坟
那里面躺着的
曾经和金黄的玉米棒子一样——
多么神圣而又卑微的
太阳的勋章

没有月光，星辰为我睁开眼睛
它们是天上苏醒的灵魂
我每眨一下眼，它们的笑
便向人间生长一寸

夜的修辞（七）

我走进黑夜
如同走进我黑色的眼

夜的修辞（八）

夜色含苞
只有诗人配享它的芬芳
这奇异无垠的大象无形
即将给众生加冕

在夜里死去的
不仅有皇帝
还有殉道光明的亡灵
在夜里偷生的
不仅有蝼蚁
还有众生的相
他们都是狂欢的沃土

夜的修辞（九）

青黛的天幕开始低垂
魔幻的云朵是群居士
夜还没有熟透
远山已经屈服成一条线
仿佛有骨折的声音，刹那间
人间的脊梁躺平

那位倾城的无常美人还没有盛开
我们便如避世的山人退潮般隐入深海
可还有些浓黑里闪烁着的微光
仿佛坟墓里的眼睛，无声地
和我们对视

关于玉米（组诗）

1

金黄的玉米棒子已掰尽
枯白的秸秆诠释沉默是金
如同暴雨后枝叶披离的残荷
根尚在黄土里，即便没有水和淤泥
没有“香远益清，亭亭净植”
它的高洁也不容质疑
仿佛是殉道者的衣冠
夕阳里——
昭然若揭地袒露着人间正道
固执地等待着农人的镰刀，以及
那无数次点燃旱烟和黄昏的火柴

2

傍晚，那些被砍倒的玉米秸秆
被捆绑，被整齐地码在地里
以一种集体殉道者的姿态
等待明天的烈日。它们知道
每蒸发一丝体内的水分
离伟大的腐朽就近一分

3

寒露后的某一天，暝色里
一位抽完旱烟的老者直起身
把一丛干透的玉米秸秆点燃
瞬间，夜风掀起的火星撒满了天空
仿佛阳光下金黄的玉米粒堆满了院落
而我坚信，每一粒金黄的玉米
此时，都是天上的一颗星

海市

我挥动鞭子
把透过窗棂的光赶回天上的海
无垠的海市便亮起了灯
海市里有一艘弯弯的
收集寂寞的船，悄悄地
停泊在你的耳边

谁的笑靥荡漾开的波澜
打碎了宁静的夜
也惊扰了你的
梦一样的海面

理想

——写给同学们

理想是什么？
理想是你的眼睛
你若把目光投向高山
峰顶便是你绝美的风景
你若把目光投向脚尖
你将寸步难行

理想是什么？
理想是人生的翅膀
你若想像雄鹰一样高飞
知识便是你乘风的翅羽
你若羽翼未丰
绝难去大好的山河里翱翔

理想是什么？
理想是一把金色的钥匙
你若想打开生活的百宝箱
只有学习才能撬动宝箱的锁簧
你若一叶障目
生活里你将无知地再撞南墙

理想是什么?
理想是目标，是明灯
是勇往直前的勇气
是坚持不懈的精神
是对美的追求和向往
是报效祖国的初心……

月的修辞

这总是挂在天上
笑盈盈的寡妇
游戏似的在棉里藏针
天空装饰了你的皎洁
你装饰了谁的思念？

只有落入凡尘
你的锋芒才会消遁
江河是你的梦床
山是你的衾枕
而那抬头的人
喜获锥心的疼

此时，盛开的每一朵花都是一个劫
注定要把人间的惊雷点燃
让众神之神死在下一个雨夜

这样的夜适合忘却

这样的夜适合忘却
思念却从记忆的皲裂里渗出
青黛色的天幕越低，寂寞越沉
我的爱恋已瘦如秋水
企图和寒星一起隐入烟尘
这远方吹来的风，带着往日滋味
除了凝望远方，我只能孑孓独行
停停走走，走走停停
看地上的灯又点亮天上的星
鱼鳞似的云藏不住月半轮
一尾夜色里独游的鱼
寂寞的沉吟掀不起夜的波澜

他们

他们的祖先就埋在这个地方
朝夕听着镰刀与锄头奏出的信仰
看麦苗青，野草又黄
晚归的脚步声落在了星斗上
他们的眼光里藏着——
藏着时光的伤

令他们醉生梦死的酒有千百种
不能割舍的是
这贫瘠故土上的红高粱
朝也戚戚，暮也苍苍
听风听雨听过了半生
看那颓圮的藤墙外
大地是一件缝缝补补的衣裳

遥想大海

我只能对着天空遥想大海
那无垠的蓝是海的思念
若有风来，朵朵白云便是思念的浪花
远处连绵的群山也如海岸一样壮阔
只是浪花总能越过山顶
我便臆想自己是大海上的牧羊人
直到日落，我才用目光
赶着它们回到避风的港湾

有时，天空乌云密布
须臾电闪雷鸣，大雨倾盆
这一定是大海里的鲛人戏水
掀起来的浪花溅落大地
滋润庄稼、鲜花、树木，以及
那些带刺的藤蔓和空谷幽兰
此时，我无比兴奋
听完屋檐下的雨柱如瀑布般响彻村庄
又听屋外的池塘里蛙声一片
遥想着，这些鲛人掀起的浪花
从金黄的稻田里溢出，流进沟渠
流进小河，流进长江，穿越峡谷高山

千回百转不可阻挡地
投入母亲般大海的怀抱

我只能对着天空遥想大海
如同远山眺望远方

走在夕阳里的人

走在夕阳里的人，如同晚归的羊
他们温柔而哀怨地
把灵魂投影在天上
夜色便从羊毛里长出来
没有风，秋虫用鸣叫
掀起黑色的波澜
路边的格桑花、野草、红蓼
仿佛在海里绽放，只是远处
那些高低错落的桉树
如同帝陵神道两侧的石翁仲
它们庄重地凝视着这夜色里的众生
告诉飞翔的蝙蝠和晚归的人
此时此地是人间，不信——
请看那些夹杂在玉米地里的坟
它们高低错落的位置
恰如他们生前的姿态

诗会

这些凡世的，自命不凡的人
这些灵魂出窍，肉身披枷带锁的人
他们从四面八方赶来
幻想火山，幻想春天
幻想精神之花在刀锋上绽放
幻想以诗之名义领受神旨
可现实是，他们
除了让灵魂出一次轨
临走抖落一地鸡毛
什么也没捞着

希夷之诗

远处的篝火固执地曲解夜的含意
而夜沉默如诗

星空下，我们都是孩子

仰望天河
所有的瞳孔都是一面镜子
折射繁星和宇宙
也投影内心，和
野火

羡鱼者说

临渊羡鱼
我盘腿而坐，等风来
看鱼的江湖泛起刀光
快哉，沉浮全凭一己意气

岸岩突兀，危乎高哉
唼喋落花，碎裂的气泡两三个
没有什么苦心孤诣
瞳孔里的执着
只不过是毫端翻出的白眼
哭笑各半，心如宣纸
薄凉，当得大寂寞
惜无一壶浊酒，可以和风诉说

倏然而来
说什么相濡以沫
全是心酸的鬼话
相忘吧，这鱼，这江湖

裙摆上的春天

羞涩的风
从她的山歌里吹来
阿朵卡*的春天便怀孕了
隆起的心事经不住一抹红
低首间便泄了密

她拿起针线
把少女的春天绣在裙摆上
心里的春水靛蓝，荡漾着
脸上小小的笑，是针和线
在裙摆上掀起的春潮

穿上盛妆的那一刻
整个阿朵卡的春天都是她的嫁妆

*　**阿朵卡**：村名，意为火一样的村庄。

回乡偶书

像一部旧电影
在暮色里上映
青黛色的天幕下
故乡的山川草木和众神一起就座
我认识它们每一个
蟋蟀、蝈蝈、蚂蚁、瓢虫
结网的蜘蛛，池塘里的青蛙……
还有墙角刚冒出头的酸浆草，和
蜷缩的黄狗

村西头的桉树是一把扫天的扫帚
轻轻一摇，浮云后的几颗星便冒了出来
迷离的光。一切都是旧的
包括厩里老牛的眼神
只有父亲的白发崭新
如同那年
春雪还未化尽
山上迫不及待露出枯草

母亲坚持用柴火为我做饭
虽然家里早用上了电器

她说柴火做的饭菜更香，更重要的是
和我的诗一样
我们早已经习惯了人间烟火

虚拟爱情

我无法拒绝一条河的多情
犹如我不能拒绝她潮汐后的湿润
穿过 V 形山口，沿河而上
如一粒精子奔向子宫
多么湿热的狂想，生命的交响

蝴蝶、蜻蜓、浅红蓼花、带着毒刺的青藤……
这些爱的游戏与装饰。转角处
忠贞与誓言被打磨，呆头呆脑的
光亮的鹅卵石，犹如
一堆排出体外的卵子，被阳光
打磨成爱的化石。而我
是这化石上的逗号

秋夜

浓黑的夜，摁不住
旷野里的几盏灯
仿佛天上的星
从大地升起

可此时天上没有星
我点燃一支烟
和它们一起
坠落，或者
苏醒

我们从春天里来

我们从春天里来
和故乡的山水谈一场恋爱
用不着丝毫的羞涩与矜持
只须闻着它的味道
便能体验爱情的美妙

看绿风油油
春色掐得出水，会心处
于意念里飘过一袭红裙
我们快和春天赛跑

水月

遥想那片青盈盈的天
她的白马早已死在路上
身体里的江河趋于平静
黑夜比白昼更真实

满山的风
一定吹落了山顶的那棵红马樱
在这多情的梅雨时节
她却选择了干涸
合十间一念起，万念俱灰
于一声阿弥陀佛里
岁月的浪花不再摇荡
她唯一的执念
是捋直映满飞蛾的青灯

启示

我要去
月光下的小溪戏水
我要去
武夷山的松下听风
我要去
喜马拉雅山顶钓雪
我要去
塔克拉玛干沙漠里牧魂
我要去
神的巾帻上捉虱
…………
这是神明给我的启示

四十

光天化日的不惑之年
肉体之豹蛰伏
精神之鸦高飞
于是我念我的经，我是我的神
任凭梦中的草原野花凋落
死掉的风不再呜咽
梦想着白云苍狗里做个神仙

偶尔也会喝醉
忘掉一切蜜语和柴米油盐
任时间蹂躏诸相
我知道在那亘古的黄土坡上
一定会有我永寄孤独的墓园
一块刻有我名字的石碑
了结一世执念

观雾

没有呐喊
是冲锋，也是溃逃
浅墨色的群山
被腾挪的白雾分割成棋子
思绪纵横成经纬
精神的峰峦藏拙
人间的骨血露出
高楼和村庄上演包围与反包围
车水与马龙堵塞大地的血管
我站在灰色的山腰
踌躇着上山还是下山

四月

红色的呻吟从枝头跌落
心事折叠进子房
蛩音在残骸上撒欢
泥土里抽着芽的欲望
荒诞刺不破梦靥
他们说这是人间的四月
交替着多少欣喜与悲欢

我看见他们唱着无声的歌
散落了多少离别与誓言
夜莺瞳孔里的野草随风招摇
烈火一样舞动着的呜咽

城市张开惊愕的嘴巴
夕阳染红了袅娜的炊烟
我听见灵魂里卑微的呐喊
怒火祭奠每一朵青春的花
他们说这是人间的四月

黄昏

——写给阳阳

余光恋着山岗
晚鹰在小镇的呢喃里
翱翔成一只风筝
我爱南方吹来的晚风
更爱这乍起的愁肠

目光所及皆涌起诗的光焰
闪烁的律动仿佛是你
哽咽时的耸肩
你在江南，我在江北
多想把天上的那只晚鹰
拴上一条线

所见三章

1

从西南到东北，大约十里
半箐河拐了三次弯，便产出三枚卵
孵化出三个村庄，分别叫
上半箐，中半箐，下半箐
它们在母亲河的头、胸、腹上不断生长
用肆虐时光的方式壮大臂膀
也孕育新的唏嘘和惆怅

2

石榴花掩映的朱红铁皮大门紧锁
一条盘着的黄狗突然跳起朝我狂吠
不知是因为我搅了它的春梦，还是
它想为这暮春的黄昏呐喊

3

青黄杂糅的竹子生长在路旁
细尖儿像任公子抛出的鱼线

冲向云天又弯曲着回落人间
起风时，它的样子带着欢喜
似乎随时准备好了钓起人间的悲欢

浪巴铺土林写意

每一粒黄沙都是时光的金身
肉身可以腐朽，但时光总有骨头
看它们亘延如龙，苍苍莽莽
容纳岁月静好，也拥抱风雨惊雷
方落得如今这一身傲骨
晨曦里，它们矗立成一座座丰碑的模样
我手捧一把黄沙
如同捧起历史的骸骨

新华的七月

“人生若只如初见”
定是新华的七月

七月的雨是你欢笑的泪
凤凰花落红成阵
我在雨中猜想
这是你向谁敞开的心扉

那位穿着盛妆的彝族姑娘
定是嫁给七月的新娘
她才羞涩地一低眉
便将七月陶醉

别说“相见怎如不见”
那是因为害怕思念
在走近你的那一刻
你我注定此生相欠

看那满园桃李在微雨中浅笑
绿丛中的她
为你弯下小蛮腰

金沙江畔

烈风把夕阳吹瘦
一江碧水是“刚”与“柔”的咬合
波光荡漾着美人梳妆时撒落的胭脂
在些许氤氲笼罩着的欢歌里
龙川河与金沙江在这里交媾
那回旋的江水，是美人泛起的酒窝
刚好能盛下一盏旧时光
趁着这多情的浪花还未远走
我饮下这一江的悲欢与离合

元谋的八月

元谋*的八月是金色的海
我是海面上起伏的鱼
在沉甸甸的欢歌里
我用如钩的新月收割夏天
八月的波涛温暖而缠绵
我躺在刚收割完的海浪上
听蟋蟀把梦织满紫色的栅栏

* **元谋**：亚热带气候，夏天八月开始收割庄稼。

七月凤凰湖

撑一把青灰的油纸伞
穿过凤凰湖的烟雨
如同穿过那位曼妙美人的柔情
任她初醒时的长发洒在我身
桥下的青荇曼舞
似倾听着雨打碧波九曲回肠的琴音
我细数那些徘徊的身影
恰如这七月的烟雨中飞满蜻蜓
蹀躞的游鱼把落红当作一场艳遇
轻叹间吐出的串串泡泡如一首凄迷的长诗
于浮藻间闪动着，悄悄破裂
这七月的凤凰湖又藏下一段破碎的诺言
在心底轻唱一首离歌
把初次逢着的豆蔻催成花朵
却于逆风里相离相惜飘落成阵
有情相待，以心相依，真情喏喏
我手折空枝，早把青春的七月蹉跎
撑一把青灰的油纸伞
从凤凰湖的烟雨里穿过
如同穿过那位曼妙美人的柔情
我来时无语，去后寂寞

活佛寺

从明末崇祯年间到 2017 年
三百八十多年的光阴沉积为历史的瘿痂
碑石上，善男信女与兵燹刀锋相砥砺
留下历史的锋芒给人间
曾有多情的驻足，在《心经》的吟唱声里
红男绿女细数绣球花的碎片
也曾把佛阶的台石当作文批武斗的营盘
更有那木鱼声里的梵音
如怒目金刚欲呵断世间的贪嗔
晨钟与暮鼓，击打的都是人心
疏竹与明月，吟诵的都是光明
徐霞客与老僧对饮一盏清茗的欢愉已远走
埋锅做饭的英雄旧迹也无存
但当归鸟栖于龙鳞古柏的爪间
夏蝉又觅着青灯，和着梵音
此时，我可以把一颗尘心
暂时安放在这方寸之间

龙川江

龙川江是头多情的豹子
它从苴力铺的密林间匍匐而出
昂头把威楚雄风挥洒在乌蒙山的深谷
咆哮着向元谋这片热土而来
驻足的瞬间便留下了无数传奇
江畔鸥汀稻谷金黄，平沙雁渚鹭鸶对舞
两岸袅袅炊烟是元谋人续写了一百七十万年的诗行
柳上喈喈黄莺是红男绿女的蜜语与誓言
更有那偶尔从豹子的爪间露出的历史的白骨
是这多情的黄土地上扼腕的长叹与兵燹的烽烟

龙川江一路向北，在龙街渡口
如豹子低首把长长的舌头伸进金沙江汲水
舔出的波澜在岸岩伟傲的胸膛上开出浪花
惹得那位被谪的大明才子升庵顿足嗟吁
从此万里楼上的江声月色勾起多少骚人的失意与离愁
如今天堑变通途，有长龙一般的火车在豹肋间穿行
有盛开如豹纹一样的两岸繁花
以及在豹子肚皮上赤脚玩石寻找豹魂的童叟
当林间的光斑落在我身上
我低下身段，如同一只蓄势而多情的豹子

来元谋看云

来元谋看云
东山顶上有不败的马樱
她们笑起来的酒窝
能卷动晨光里的片片丹云
对面山腰的山歌一唱
她们就把七色的云彩穿成盛装

来元谋看云
金沙江的氤氲里有万马奔腾
天际旋飞的鹰把滚滚浓云拉低
一道银光在鸣叫声里刺破穹窿
风雷裹挟着霹雳
大雨把高耸的胸脯打疼

来元谋看云
凤凰湖里火烧天
无数游鱼在织锦里缠绵
粼粼金光抚动晓月羞涩的脸
落花成阵中哪位是你心仪的仙女
到那凤凰花树下自己去分辨

读《元阳赋》

一篇《元阳赋》
莽莽乌蒙雾霭愁
其间有虎豹豺狼低吼
亦有缠头跣足结髻剃髭的先民
腰挎砍刀头插马樱的罗婺汉子
骑着骡子蹀躞婆娑的诺苏女人
群鸦驮着的残阳被晚风吹皱
兵燹的烽烟在苍凉的哼唱里弯曲
细碎的骡铃声里，他们来到元马楼
那位欲行大化的儒生舜鼒莫令*
细数着几间凋敝的茅草房
于长吁间筹划山河
挥毫把元谋的日月山川裁为八景

* **舜鼒莫令**：指清康熙年间元谋县令莫舜鼒。

我想在白云下建一座房

我想在白云下建一座房
房里装满了寂寞
还有曾经的迷惘
春来的时侯，和满坡的花儿一起怒放
秋日里，金黄的稻谷在房前飘香
我的房子没有灯光
只有两扇向着天空的窗
一扇洒满星斗
一扇挂着月亮

我想在意念的伽蓝里建一座房
房后开满了桃花
房前小溪在流淌
我的房子以诗为墙
还有两座大山向着远方
一座刻着生来的彷徨
一座葬着死去的梦想

随想

觅着你的光芒
你一度曾是我翘首间最遥远的那颗星
梦想着一睹你的容颜，之后
我们“相对忘贫”
从没想过爱的路上荆棘丛生
只愿活在虚无的憧憬
而今回首的刹那
当初的冲动已成灰烬
我不愿把心交给你的影子
却在记忆的灰烬里得到一丝温存
倘若我们的爱情降至零度
为何我的心犹如烈火烤着的寒冰

2017年第一声蝉鸣

鼓动骄阳，萎蔫了风
剥开夏天的胸膛，像大梦初醒
藏身于一棵枯死半边的树
清唱如何能鼓动风云？
还是抱紧一截枯枝吧
且把自己妆扮成一枚败叶
灵魂就可以在低处栖息

碧应泉

莽莽雷应山淌出些许汗液
腹沟的芳草便幽幽凄然起来
有飞鸟来渴饮，在泉眼处跳跃
嫩红的双爪在湿漉漉的肚皮上留下印迹
便打开尖黄的喙，鸣叫一声飞走了

仲夏的夕阳酡红，袅袅地气开始消散
整个元谋坝子在绯红的余光里降下体温
那些浓荫下咩咩叫的羊群把媚眼抛向天际
仿佛那朵朵棉花云是它们久违的情侣

雷应山月如钩，微热的松风开始低吼
一隐士提着水桶来到泉眼
汲水的姿态舒缓而曼妙
仿佛膜拜退去的潮

出逃

我要撕裂这令人窒息的谎言
去茹毛饮血的深山荒野
去把我的梦拧出几滴苦汁
好让这霓虹斑斓的荒诞之城残缺
一路上我顶礼膜拜星星月亮
还有太阳。把白云苍狗当作我的经幡
脚底的老茧是我的芒鞋
砾石和荆棘刺出的血
是我给春天的贽礼
我在密林深处的颓坟旁小憩
也在开满无名小花的山坡上歌唱
我愿这样孤独地，倒在出逃的路上

路上

我长满老茧的脚
踩痛异乡的山水
踩痛江南的星月
也把人间的离别踩碎
洒了半腔热血
另外半腔，我要留给相逢时的狂欢

村庄

这村庄刚好能盛下我浓艳的寂寞
村前的几树桃花却是寂寞的缺口
我的一生恰如这落花
在红消香断时才能抵达生命的根
而此刻，村庄肃穆
我和落花一起无声地皈依
成为村庄的一捧泥土

拦门酒

你的笑带着泥土的香
我从霓虹斑斓的荒诞之城来
在马樱花*盛开的门前膜拜你的月亮
你的月亮从酒碗里升起
我须喝下三碗这粼粼月光
方能进入你的心房

* **马樱花**：原作“马缨花”，此处因当地约定俗成，故写作“马樱花”。

姑娘房

十六岁的诺苏姑娘
有秘密开始在胸口生长
如同即将破土的菌子，在雨后的星光下
长成两座毡房的模样
这宁静的夜里，山风轻柔
是谁把她的秘密点燃
让她才扣回廊，又倚西窗
床前的烛火，是月色下
小屋跳动的心脏

十六岁的诺苏姑娘
坐在床头绣起了衣裳
她要把爱情绣在胸口，忧愁绣在衣袖
理想绣在裤角，忠贞绣在裙腰
当然，还有今晚的星星和月亮
七彩的针线在游走
斑斓的情思在歌声里飘荡
十六岁的诺苏姑娘和这木房
都在等待，等待着穿上春的嫁妆

相思

我的相思
是欲雨的天空
空中婀娜的风
是从那两座春山上来的吧
吹绿我两眶相思的愁
一只飞鸟划过
留下一道迷梦般的曲线

相恋

能装进夜风里的
除了星光
还有我的眼眸

带上你的月亮
向春天的子宫里去
让春受孕。疼痛时
被荆棘刺出的
除了殷红的血
还有山顶的杜鹃

处子的骨朵
在我的诗意里鼓起
星星眨几下眼
风儿讲了一个笑话
蕊间的秘密便再也藏不住

黄昏（四）

鸦群驮着落日归来
一枚浴火的蛋安放巢间
雷应山的杜鹃花下
我在意念的伽蓝里诵经
落花沾衣不落指间
我捏起一缕西来的风
含笑揉碎我所有的尘世俗念
弹指间我落发为僧
对着东方初升的满月膜拜
于阴阳交媾的天空
在空与色的较量中悟得圆满

命运

一条河流
向东，不舍昼夜
昔日崚嶒的风
凝固为两岸巉岩
依旧挺着赴死的姿态

每一滴水
都铭记来时的路——
碧瓦上葱郁的青苔
小轩窗下红影里的春草
草叶上七星瓢虫收集的月光
跌宕起伏的峰回路转
万马尘嚣的浪花伴着紫烟
翔空的飞鸟在欲雨的天空回旋……
光阴从不停歇，为何让我驻足长叹

东山顶上

在那东山顶上
有两轮月亮
一轮圆圆的挂在天上
一轮弯弯的匍匐在我的胸膛
我轻声问，我有两个新娘？

别后

这一别，顾影成诗
这一别，相思成雪
直把你给的风花雪月都酿成酒
在月朗星稀的窗前
我醉在这头，你醉在那头

春九章

1

春雨是春的眼泪
每一颗都是珍珠

2

春的珠帘
被我的一首小诗卷起
春光乍泄
惹得那位美人起了恨意

3

春色如酒
喝也上头
不喝也上头

4

桃花红
梨花白
春色，其实简单

5

一棵小草在春光里萌芽
撑破大地的茧
多么豪壮的歌

6

我是一棵小草
却偏有无尽芳华落在我的脚下

7

春意阑珊的时候
我于梦中折柳

8

最销魂是她的春愁——
绵长的，丁香般的
消瘦的，斜阳下的
处子的春愁

9

春来春去了无痕
却惹得鸡也争鸣，狗也争吠
只有我的春梦
春一般消瘦

等待

我在黑夜里徘徊
等你的心犹如烈火烤着的冰
我不只一次把着火的目光投向窗外
又一次次低头熄灭胸中的愤懑
我像黑夜里的鬼魅
又像月色下的顽石一块
我快要在无声中死去
却又像即将在无声中爆发的婴孩

对蝉

一场秋雨过后的晴空
你把满腔的情思诉予秋风
你的爱情是昂首间碧蓝邈远的梦
不要问你为何如此多感
只因你的生命
只绽放在高枝露洁

月色下你的哀愁
是一轮江心映着的晚秋
只要星星眨一眨眼，瞬间
你的愁思就会碎成粼粼波光一片

风景

美人送我秋波
我还佳人寂寞
若说两情相悦
如何此生错过

说好月亮升起的时候我们一起去看山
却在灯火阑珊处我们各自信守孤单
我数完天上的星星又数街灯
不小心又数到了你的眼睛
原来，你是我的过客
我是你的风景

凤仪村（组诗）

1

悄无声息地来
是绿风洗濯后的繁星
村庄肃穆，银河低垂
爱欲膨胀的笋脱去青灰的壳
嫩白光滑的身躯亭亭玉立
一条村前蜿蜒的小溪
盛不下我俩的蜜语

2

我青春的诗行写满村前的那条小路
每一个字都是用蜜汁浇灌的花朵
晚风里，竹林沙沙作响
夕阳把我俩镀成金色的凤凰

3

村后的凤凰山在云霞里颉颃
院里的酸角树开花一片片黄

落入酒盏的花瓣吮吸一场冲动的醉
滚烫的目光里再也藏不住爱情的珠贝

4

我把她耕耘为我独自的村庄
两只明眸分别是太阳和月亮
还有两座圆挺的山丘，峡谷，平原
长发如瀑，以及酒涡里泛起的波光
我兴起而作，力尽而息
企图把人间的光阴遗忘

5

我坚信会在这村庄终老
却不料命运把爱情的逗号画成一个圆
在残冬的薄雾里
我俩把逢着时的欢歌唱成诀别

嘎力寺湖畔

一池秋水怎么也望不穿
最终沉积为两眸透明的黑
一条长长的红围巾轻轻舞动
瞬间嘎力寺湖畔的芦花便飘荡起来
两棵松树终于相守成拥吻的姿态
细风里它们轻声呢喃
偶尔落下的几颗松球，是它们的孩子
我从不惊异它们的忠贞
只是感叹它们头顶的白云苍狗
可不要去猜想它们的情话
你看，每当星月升起的时候
它们如此娇羞

鸽子

一位和平的舞者正在探戈
欢快的舞步如春笋冒着
嫩绿的芽儿织成舞台
紫红的舞鞋吻着小草的蜜爱
它时而低首，时而回眸
多情的眸子是一泓清池
它时而铿锵，时而轻柔
铿锵如颜真卿的横竖撇捺
轻柔似纳兰心中的那一朵小花
只有在暮霭染湿层山的时候
它的忧思才又袭上心头

孤芳

于绝壁上芳华
独灼一缕曦光和晚霞
朝听风，暮观云
且把骤雨吟成欢歌
但凭花瓣零落，奇异浮沉的颜色
引来鱼鳖的惊疑与浩叹

头顶有鹰追风，有雁成人
群山在薄雾中如游浅水的苍龙
雨后的孤芳引来蜂蝶，也有苍蝇
它们竟在无数针芒间游戏
把摇头鼓唇的嘤嘤呜呜唱成人间的经

待着吧，这绝壁之上
一瓣艳骨如蝶般飘落
于无声处掀起的涟漪酝酿风云
瞬间节节如掌的茎就是布满针芒的旗
当这孤芳立于旗顶，在暴风雨中倾倒
这是多么伟大的奇迹

祖国之子

你是工人的儿子
你也是大地的诗人
你用黝黑的胸膛挺起高楼
你用不改的初心照亮万家灯火
你用整齐的号子在改革的浪潮里行舟
——这便是你最壮美的诗篇

我是农民的儿子
我也是大地的画家
我用希望唤醒春天的绿
我用汗水浇灌民族的根
我用长茧的双手收割金黄的笑
——这便是我最得意的作品

他是军人的儿子
他也是大地的卫士
他用忠贞和勇敢筑起华夏的长城
他用紧握钢枪的挺拔身姿伴随风雪的边疆
他用负重前行的豪迈撑起蓝天下的岁月静好
——这便是他最美的荣誉

祖国在我心中

我把祖国装进胸膛
母亲的江河便在我的血管里流淌
从此我便是一只多情的豹子
从喜马拉雅雪山之巅咆哮而来
一路向东，沿途高山耸立，森林莽莽
也有悬崖峭壁和沃野千里，以及险滩荆棘
更有繁花似锦，大豆，花生，水稻，高粱……
我的脚被磨破，身有伤
但每当我看到那金黄的麦田里挥舞着镰刀
高楼林立的工地上汗如雨下
大江九曲回肠的号子声声
夕阳下的学校里书声朗朗
以及操场上那迎风招展的五星红旗
我体内的江河再次奔腾
我长满茧的脚再次向前飞奔
我要去迎接明日——
那大海上初升的朝阳

红烛

这红烛，血一样的红
这红烛，泪一样的红
这红烛，歌一样的红
这红烛，旗一样的红
这红烛，黑夜的灯火一样的红
这红烛，熔炉里的铁汁一样的红
这红烛，紧握拳头时誓言一样的红
这红烛，乌云遮不住的红日一样的红
这红烛，大火燃尽后，晨风掀开灰烬露出的炽炭一样的红
这红烛，灵魂一样的红

这方热土叫元谋

我是土生土长的元谋人
我的心向着太阳
不论我走在哪里
身上都跳动着一百七十万年前祖先的脉搏
在这片多情的黄土地上
我的根深深扎进这方沃土
我从一棵小苗成长为一棵大树
开花，结果，再把汗水和泪水
来浇灌这片热土

曾记得儿时的放牛郎
光着脚丫把夕阳驮在牛背上
那地上的蒺藜，时时让我的小脚丫开出几朵鲜红的小花来
我的眼泪便伴随着突至的大雨哗哗地淌
还有那雨过天晴后土掌房上的烟囱
笔直的炊烟中冒出几点火星
须臾便传来包谷饭“回堂”的香
我脚底的小花顿时便开到脸上

如今故乡的黄土地上早没有了遍地蒺藜
也没有了土掌房上冒着青烟的烟囱

以及需要“回堂”的包谷饭，和那听我歌唱的老牛
晨光中有迎着朝阳林立的高楼
夕阳下，是翻滚着的金黄稻浪，瓜果诱人的飘香
还有那动人的歌声和笑声朗朗
我是土生土长的元谋人
我深深地爱着这方热土
这方热土的名字叫元谋

樛木之死

老人们说公的是榕树，母的是万年青
它俩交合着数百年。风雨雷电
以及人间的兵燹烽烟都没能把它俩分开
它俩的根盘结在一起，如同章鱼交媾时的触须
互相缠绕着的树干似恋人拥吻时的臂膀
又像两棵扭在一起的灯芯

我的母亲领着我曾不只一次地膜拜这棵樛木
祈求我瘦弱的病体快快康复
还有那些生产队的男女老少
他们把驱赶恐惧的铁钉愤怒地钉入它的胸膛
也曾把祈祷温饱和风调雨顺的红布挂满它的臂膀
记得那年四婶领着小女儿在这棵樛木下含泪远去，从此再也没有回来
绝望的李四叔不只一次用头撞向树身
被救醒后他噙着泪说他这练的是铁头功
灰白的月色把这一幕描绘成传奇
之后四叔成了活着的济公，手拿破烂的扫把
常在月色朦胧的晚上拉着路人
讲那如龙饮水的枯树枝上曾吊死过人

人世所有的瘿痂都会被时光抹平

二十年后的老家要致富先修路
这樛木恰在村子通向外面的转折处
十数围的盘根成了全村人奔向新生活的障碍
村民们都不敢向这棵老态龙钟的神树下斧
他们都说我当过兵，气壮命硬
把这刽子手的活硬派给了我
2001 年 5 月，我花了整七天时间把它砍倒
又花了七天时间把它劈为柴
万年青淌出殷红的树汁，血一样沾满斧头
钉满大榕树胸膛生锈的铁钉被剥落
这也许对它们是种解脱
至于那些破碎的红布，还有当年生产队长当作钟来敲的犁头
它们伴着我童年千奇百怪的梦，和袅袅升起的炊烟
以及数百年人世间的悲喜一起化为传奇
只是在我的心里，已结下了一个新的瘿痂

旧雨伞

我的这把旧雨伞已经老去多年
它静静地躺在书桌的角落里
当我咀嚼文字时，它让我听到曾经的风雨
雨伞的布面有几个洞，八根伞骨断了两根
这使得它不能再为我遮挡风雨
我偶尔也会打开它看看
如同打开母亲唠叨破了的岁月
想起拄着拐的父亲，我的肋骨似乎也断了两根

我时常遥想老家充满阳光
遥想父母亲在阳光下沉默地衰老
以及那对年年春天都回到屋檐下的燕子，是否
也和我一样有了一只乳燕
我这把旧雨伞今日十八岁，恰是我的工龄
记得参加工作的那日
它崭新得像父母亲欣慰的笑
如今它和他们都老了，沉默着
只是这霓虹斑斓的城也时常下起荒诞之雨
不惑之年的我竟添了些新奇的彷徨和哀伤
只有这把旧雨伞和我相对着

时刻给予我警示和激励
让我在这风花雪月的人间
活得真实且有担当

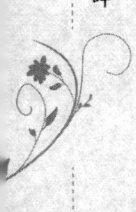

君子

今夜，满天的星斗醉了
只有嘎力寺湖里的鱼还醒着
湖畔的篝火一直跳着妖艳的舞
魅惑黑夜这头怪兽于粉红鲜嫩的裙裾之下
已经细若游丝的君子之底线被推向刀锋
我不敢惊天一叹，只是
偶尔有鱼跃出水面
咬破漫天星斗
瞬间，所有哽于喉的甜刺粉碎于灰色波光
一个谜题纠结于英雄与狗熊之间
当一颗流星划过将晓的东方
答案随之陨落

空地

如是我闻
般若波罗蜜，菩提萨埵
迸出的火花在眼内燃起业火
照亮七尺身躯恰如一截无骨膏粱

菩提萨埵，菩提萨埵
请为我安插一截金刚瘦骨，参透色空
我要在大海里种一片无垠沙漠
再在沙漠上种一棵枯木逢春——
抽出的嫩芽是绿色的火
这时我的瘦骨可做灯芯
一截膏粱可做灯油
熊熊燃烧在这片空地
欢喜的灰烬垒起一座坟墓

雷应山的风

又一次站在雷应山之巅
日暮的西风穿透我的心胸
远山的村落笼罩着昨日稀疏的梦
草树如芥，落霞如烟
远山的背后，是明日的浮图
还是昨日的梦魇

看这脚下满山的杜鹃
随风摇曳的身姿像在呼唤
只是青鸟早已不知去向
那飘渺的云端
只剩下欲落未落的雨点

黎明

青黛的云雾是天上的暗河
一轮红日从迷津里分娩
殷红的血瞬间染透层林
电线杆上，早起的鸟儿抖落羽翼上的宿露
天地间响彻起疼痛的歌声
山谷里的幽兰也不再沉默
有雏鹰从断崖跃下
在即将粉身碎骨的刹那旋翅高翔
于一声绮丽的长啸中，它的灵魂得到升华
便向着天空舞成一个黑点而去

大江蜿蜒，莽莽群山如龟蛇凫水
九百九十九道湾的滩头密布尸骸与繁花
新与旧的撕咬，黑与白的交错
如笋般长出的犬牙
在晨曦的金光里，它们自封为王

一位苦行僧从雪山之巅走来
诵着唐诗宋词的经卷
企图把万里江山盘腿坐成莲台

六月的雨

漫天都是丘比特的箭
射向荷池溅起欢愉的血
池心那座月牙桥退去高潮
谁在雨中独守海誓山盟？
捧起一地被击穿的初逢时的笑

一位看雨的孤客
用诗心轻搂蛮腰
眼光里，正酝酿另一场
两个人的六月的雨

梦

水一般的你
风一样的我
在某个残阳如血的黄昏

你的心是五月的湖
期盼着一轮山尖的月
我是西天紫霞拂来的风
穿过万顷林海
落在你的湖心
粼粼波光是你给我的回应
悠悠荡荡的竹影是我赠你的贽礼

水一般的你
风一样的我
在某个残阳如血的黄昏

那位低头刺绣的彝族姑娘

她有
水一样的长发
水一样的目光
水一样的巧手穿针引线
水一样的十八相思儿女情长

马樱花树下蜂蝶成阵
落红悄悄打在她身上
这嗡嗡成群的采花小贼争相谄媚
分不清是花香还是她的幽情流荡
酡红的夕阳吻着她的脸庞
笑靥里的春光就泛起波浪

有位远古的母亲

有位远古的母亲
她是位美人
她有黄土地一样的肤色
和一双勤劳粗壮的手
也许是在一个阴雨连绵的午后
几只刚孵化出的小鸡在茅檐下欢鸣
这小精灵，多像她的孩子
她爱她的孩子，也爱这给予她温饱的黄土地
她欣喜地决定，要用这多情的黄土
给她的孩子做一件生日礼物
于是她把檐下的黄土用雨水和匀
在这多情的日子里反复捶打
照着小鸡的模样做出一个陶器
恰如孩子的两个拳头般大小
又拾来一根鸡毛，在陶器中央点上几排小点
这给孩子的礼物便有了翅膀
再从鸡脖处往里掏空，抹平
这样，孩子便可用它来盛放喜爱的东西
比如，她的小手曾数过的星星
她在村落前的小河里捡到的贝壳和彩石
或许还可以用来盛放她的小秘密

这真是一件完美的礼物
数千年后，我在元谋博物馆六号展厅看到它
我惊叹这真是人间最伟大的艺术品

有位远古的母亲
她是位美人……

纳兰

你从小小的红楼里来
如梦的眼神惊残一片艳骨缤纷
把命运的波澜埋进相思的红尘
边关的残月便挂满离愁
遥望江南那颗破晓的星
嫩寒的晨风惊醒红桥上的妙影
试问环廊轻扣怎敌轻握素手
一曲离歌怎消万古愁
弹响你的长铗吧，你这清瘦的胡杨
金戈铁马本是你的浮生
不要再为江南的风花雪月而落寞
尽管你是误入红墙的兰花一朵

南台

拨开历史的年轮
元谋住熊山的夕烟里
有一县令一诗僧款款而来
他们把林间透下的光披成衲衣
把层层山峦翻成贝叶
把风花雪月吟诵成经咒
于岁月的波澜中拈花一笑
会心时，把真一大和尚的涅槃地题曰南台

三百年的风雨
把大清康熙年间的这两位风流人物
度化成佛塔上的青苔
从此不问人间的枯荣
只向剥落的塔影里
求证本心了无挂碍
春也碧绿，秋也碧绿
在一声斑鸠和着的晨风里
南台塔石间，竟冒出一棵石莲来

你是我冬日里的暖阳

你是我冬日里的暖阳
总在萧瑟的清晨爬上山岗
我的心是一条迷蒙的山间小路
弯弯曲曲直通往你的方向

每当我凝眸那峻嶒的山间
如烟的往事层层叠叠
你这如梦的姑娘
又一次在我的寒冬里绽放

农民

忘掉昨日冷眼与梦
默默前行迎着晚风
一生艰辛誓破困厄
踏平荆棘送走伤痛
脸上写满走过的路
哪怕漫漫岁月无人诉
风霜雨雪一肩担
何惧烈日汗滴禾土摔八瓣
今生今日走过，万水千山踏破
为了心中艳阳
朝着不平敞开胸膛
人潮人海中如蚁被淹没
冷雨冷夜相思半零落
看着这双手老茧
告诉自己人定胜天

相

他从蒲团上起身
如同卸下万斤过往的烟尘
他打开合十的双手
如同撬开执念藏珠的蚌身

西来的风透着落花的香
禅房的槛外风摇阶前妙影
远山层层，林木森森
酡红的夕阳猛可地刮来阵阵红尘
一念间，风起云霞
抵多少门外即天涯

一群群归巢的倦鸟鸣着日暮的梵音
他忙把双手合十
于一声“阿弥陀佛”里茫然转身

热坝之恋

不要问我爱你有多深
我的根深扎在你的心灵
热坝扑面的风吹来
就像母亲火辣辣的吻
那热坝的田野山间哟
瞬间就皱起嫩绿的笑痕
我是你怀抱里的一株小草
正贪婪地吮吸着你的乳汁
我娇小的身躯迎着你
就像孩童恋着母亲的体温
直待着月上高楼
我也成了热坝中的一道风景

不要问我爱你有多深
我的血脉连着你的心灵
热坝扑面的风吹来
就像母亲滚烫的体温
汲一捧雷应山的清泉哟
瞬间就陶醉了我的灵魂
我是你眼里浮游的一朵白云

飘来飘去总恋着你那温柔的眼神
我多情地凝望着你
就像游子见到阔别的母亲

热水塘温泉

温泉从地心里涌出
犹如传经者口吐莲花
昼夜喋喋不休又苦口婆心
每一句言辞和轻叹都有四十五度的恒温
让每一位受众都顿忘人世的喧嚣与艰辛
泉眼处有微积的硫磺，是布施的良药
那些骨头间的沉疴顿时瓦解
风逼寒浸的岁月之痛化为串串珍珠般的泡泡
石火光中的较雌论雄如腾起的烟雾
人生于一场洗涤中脱胎换骨

人生若只如初见

人生若只如初见
你小小的相思不会刺痛我深沉的眼
那一弯青色的笑
永远是你豆蔻梢头迎风含羞的寂寥

记得初牵你的小手
我看见两朵绯红的云挂在你的梢头
你只默默低首
瞬间我就是你擒获的囚

人生若只如初见
我相思的年轮不会这样地刻满伤痕
那一弯雨后的新月
总让我想起你低伏在胸的笑脸

今年的秋天
这满山的风特别寒冷
当你默默地转身
我从此是一个被你流放的孤魂

和一只鸟看风景

一只鸟立于电线上看云，目光充满善意
我立于云下的草垛间看风景
暮风吹皱了鸟的远方
也吹醒了我的梦境

横于天地间的电线仿佛是我的神经
而停在上面的那只鸟便是我痉挛的结症
我的不惑之年犹如稻把
再也掀不起金黄的细浪
沉默间，我把鸟当作知己
把充满敌意的目光投向远方

如果

如果我是一片落叶
那是因为你是一块黑土
在深秋的早晨
我熟透的相思
终于投向你的心田

如果我是一只蚂蚁
那是因为你是一朵摇曳的山花
在露浓霜重的黎明
我全部的热恋
早已泻在你的蕊间

如果我是长长的黑夜
那是因为你是天上的繁星点点
在遥望你的刹那
我全部的忠诚
已经化作泪光满眼

如果我是你剪不断的从前
那是因为你是我永恒的思念
在久别的日子里

我所有的记忆
都是一根根牵挂你的线

如果我是大海
那是因为你是守望我的蓝天
在我们相视的瞬间
我们彼此的眼
早已写满深沉的爱恋

书虫日记

谁说我柔弱无骨
我偏要把经史子集啃食得只剩一把骨头
白纸黑字间便只剩下明辨的是非
十年冷雨寒窗雕素志
我通体透明轻盈
万千华章穿肠
肚胀时只需长吁几缕闲气
莫问颜如玉的知己在哪儿
且把唐诗宋词码成陋室
于香车娇娃的喧阗里独树一帜
于夜黑风高的子夜长吟
于月朗星稀的霜晨独醒
若问活着的意趣在哪儿，却只是把
前贤的喜怒哀乐当作一壶老酒
看古往的江山捶打今来的社稷
死了的佳人挂在活着的风花雪月里
这难道还不够?

天空

碧空如洗是我的心
悠悠飘来的白云是我的情
可我更羡慕那晨曦里的雷应山
可以肆无忌惮地和你亲近

不论是风花雪月，还是沧海桑田
永远不变的是我的眼
每当这地上小小的我和你对视
那漫天的星斗眨着
像是你在对我诉说一段古老的爱情
牵牛饮水的牛郎，快回家去
千年后的你们是否还相对忘贫

偶尔你也风雷电怒
那是你沉默太久的呐喊
我不惊悸你的霹雳闪电
也不厌倦你的连日阴霾
我最欣喜的是夜半醒来
却听着雨打芭蕉的天籁

雨过天晴的你特别可人

总有一弯新月挂在山尖
这人间的情缘有圆有缺
多希望，我化作牛津渡头的繁星一点

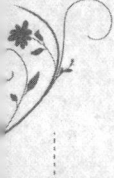

晚归

高一脚，低一脚
直踏入漫天星斗的深处
稍一伸手，便摸着月儿的笑脸
恰这时的你，长发洒落如瀑
我们什么都没说
只听着彼此起落的脚步
和着虫鸣隐落在无垠的秋夜

我从小雨中来

我从小雨中来
带着小雨的绵绵忧愁
还有那朵小小山花的悲哀
我轻轻抖落衣襟的雨滴
回头，只见一串脚印在泥泞的小路上徘徊
瞬间，我被小雨装扮成一道风景
定格在路的起点，还是尽头

我在石头上播种一段爱情

我在寂寞里雕琢虚空
又向水中捞一轮月
月光中美人微喘
馨香里一声咳嗽
抖落了漫天星斗
我的江山瘦如春水
一顾倾倒了那块石头
于是我在石头上播种一段爱情
让情欲的刀锋剜出心头一滴血
我只缺一位忠实的情敌

五月

于无声处酝酿风云
五月的沉默是一种愤怒

一缕黑从鸦巢里汲取力量
一种隐痛从万紫千红的蕊中被点燃
无数双黑色的眼睛深如大海
在雄鸡一唱的刹那掀起惊涛
所有嗜血的物种都将颤抖

霞客

你踏着东山的朝霞来
和香山寺的老僧对饮一盏清茶
谈笑间度尽人间虎豹豺狼
说人生譬如朝露
最难得是茶房那一缕炊烟
大明的江山风雨苍黄
是谁把社稷的斗柄操纵于股掌
沧海桑田的传奇九曲十八弯
恰如你和驴子走过的古道羊肠
风花雪月里穿越宿命
昂首低眉间众生平等
只有祖国的大好河山是你的血骨
能盛放你多情的灵魂
当元谋的沙鸥为你送行
天地里，古道西风瘦驴
枯藤雾霭瘴厉，大江滔滔东去
夕阳西下，大明驴友别金沙

夏雨后

雷应山的杜鹃刚残落
绿风的相思就凝结成了泪滴
晶莹剔透的珠儿挂在美人的腮上
欲落未落叫人怜惜
这窗外默默的娇客似懂我的心意
湿透的薄衫紧裹玲珑的娇躯
舞罢长风的相思谁人能懂
低垂的长袖掀不起半点涟漪
我的心是欲锁玲珑的烟雾
却又怕增添了你的凄迷
多想亲吻你的青黛
让你从我悠长的夏梦中醒来

相约元谋之春

天边有一棵大树
那是我守望你的身影
天上有片片彩云
那是游子寄给母亲的信
我们相约在元谋之春
相约一场未完的爱情
如今走进你的怀抱
热坝的风是如此多情
喝一口雷应山的清泉
闻一闻满山盛开的杜鹃
游一回神奇瑰丽的土林
捧一捧金沙江水映着的蓝天
这从一百七十万年前走来的元谋人民
开拓进取，务实创新
誓让这片古老神奇的黄土地焕发出新的生命

我心中有一片蓝天
那是我挥之不去的缠绵
天边飘来片片彩云
那是母亲对游子的呼唤
我们相约在元谋之春

相约一场青春的电影
如今走进你的怀抱
热坝的风就像母亲火辣辣的吻
荡一荡龙川河的碧波
摘一箩金黄甘甜的瓜果
望一望银河岸的织女星
数一数月筛古树下虔诚的眼睛
这向着世界舞台阔步走去的元谋人民
忠诚奉献，勇于担当
恰如这座座高山向着世界敞开了博大的胸襟

小雪

那一日，你的一瞥
惊残了我的秋天
你晶莹的泪珠滚落
霎时你裙上的小花全都萎蔫
我不再是你的王
我的江山一片云残风卷
你轻声呜咽，我息鼓旗偃

四年了，只要你的小手轻揉
我就甘心做你的俘虏
你总喜欢捋我的虎须
寻找那一根岁月的白刺
你说“爸爸永远年轻多好”
我总在一阵疼痛中发出低迷的虎啸
顿时你的小手中躺着几根死去的黑毛
我的王旗在一阵笑声中倾倒

羊街行（组诗）

1

蜿蜒的山间小路
是羊街小镇的血管
我和十多位元谋作家
总想以高调的姿态
直插小镇的心脏
只为看清它的鲜血如何奔流

2

每一粒尘埃都是有生命的
它们是父精母血的结晶
痛并快乐着，是它们的本性

3

羊街真的有很多羊
而且这些羊都是好色之徒
它们啃食花荫下的草
把落红当作调料

4

在一个叫洒洒依的高岗
我们是顶天立地的领头羊
不论是侧目还是抬头
总有我们的伙伴在海上
召唤，游走
绿风从海港来，我们才下山岗
又立潮头

5

洒洒依的味道拒绝修饰
荠菜、树花、芭蕉茎、牛口刺、黄莲花
都是圣灵的尚飨
而我们都是来朝拜的信徒

6

在大山的怀抱里耕耘
他们是山的子民
他们是山的信徒
他们是山的脚和眼睛

7

在羊街，驱车或漫步
都是在春梦里穿行
如果累了，不妨
在这里大醉一场

8

进入花同*
突然有种奇妙的想法
看山凹间桃花如烟如霞
多想去逢着一位葬花的她

9

我们都是闻香而来的蜜蜂
用诗心去吮吸芬芳和冲动

10

嫩寒锁梦，春山乍冷
在坝以河水库
桃花惹来成群的蜜蜂
想和彝家妹子赛妆争艳
谁是冠军，还得用酒和歌声来对决

11

“走是要走喽，舍是舍不得”
“人是痴心的人，酒是苦荞酒”
羊街的大山给予我胸怀
而大山的子民
给予我信仰和真诚

*花同：地名。

摇篮曲

叫声我亲爱的宝贝——
你这星光下的夜莺
快快进入甜美的梦乡
梦里有蜜一样的棉花糖
外面的风儿正紧
快去梦里做快乐的精灵
妈妈甘甜的乳汁
滋润着你小小的红唇

叫声我可爱的宝贝——
你这调皮的精灵
快快进入酣沉的梦乡
梦里有鲜花编织的温床
外面的风儿轻轻
快去梦里寻找那快乐的森林
爸爸温柔的臂膀
搂着你娇小的躯身

睡吧，睡吧，我亲爱的宝贝
这深沉的夜，这窗外的星
请和着你深沉的呼吸一起闭上眼睛

还有那墙角的蟋蟀
也请把你的歌声暂停

睡吧，睡吧，我亲爱的宝贝
…………

奔

如一把利刃刺穿夜的心
摩托车的灯光锋利而疲惫
远方在岚气里闪烁着
夜风有点刺骨
女儿问：
“爸爸，月亮可有脚啊？”
“月亮当然有脚了，你看，我们走，它也走”
“它走，我们也走，咱们回家喽”
女儿哆嗦着笑了，爸爸的手紧紧握着方向把
目光始终投向远方

夜的启示

漆黑的夜把我燃烧成灰烬
而我又在夜的灰烬里重生
我有一双黑夜般深沉的眼
更有一颗烈火样的心
每当星月遥挂在天幕的时候
这地上抬头仰望的人
总是把心胸掏得很干净

致战友

一别伊人驱长风
醉弹长铗落日红
霜满黄花人满愁
此去天涯不回头
离别的时候我们都没说何日再相逢
我们早已把橄榄绿的相思挂在那片长空

一壶浊酒独饮尽天明
草木森森如戟无行人
东升的冷月是你的脸
闪烁的孤星是伊的眼
恰似铁骨依偎着柔情

几经沧海沉浮
笑谈红颜白首
西来滔滔东去渺渺的金沙江水
叩问我们的灵魂可还纯粹

元谋的夏夜

牛郎与织女的笑声
抖落了银河里的繁星
在蟋蟀的情歌里
人间便亮起了万家灯火

葡萄架下的秘语熟透
告别青涩的低首
万物热烈拥抱
爱结出蜜果挂满枝头

有夜莺在热风里歌唱
惊醒凤凰湖畔的青荇
那位窈窕的淑女
如参差荇菜轻摆

山涧里的水鸟从崖下惊飞
无数萤火虫刚从远方归来
它们还来不及歇歇脚
便又要去为远行的诗人挂起灯笼
天河里的泉水叮咚
有梦在元谋的夏夜里生长

元谋之歌（歌词）

巍巍雷应山，滚滚金沙江
四季如春的元谋热坝瓜果正飘香
我们从一百七十万年前的远古走来
一路披荆斩棘斗志昂扬
向前，向前，向前
我们是时代的弄潮儿
开拓进取，务实创新
誓让这片热土改变模样
要让母亲披上华丽新装

蓝蓝的天空，暖暖的村庄
神奇瑰丽的土林奇观天下美名扬
我们敞开胸怀向着世界的舞台走去
一路欢欣鼓舞放声高唱
向前，向前，向前
我们是时代的新骄子
忠诚奉献，勇于担当
誓让这片蓝天艳阳高照
要让母亲享有幸福安康

月色下的相思树

当远方的街灯和星星一起升起
我就向着那条小路走去
星光闪烁着，我们都沉默不语
这微凉的秋风吹乱我的思绪
寂寞的相思树愁白了头发
在银色的月光下慢慢老去
可我心爱的姑娘
你为何悄然离去
这熟悉的小路还残留着你的呼吸

前方传来嘹亮的汽笛
晚归的农夫荷锄低语
远处的村庄沉默了心事
只有那条小河还不肯停息
这弯弯的小路就要到尽头
月色下的相思树还在静静守候

走过那丛野菊花

走在回家的泥土路上
晚风裹着西山腋下漏出的金光
新雾的天空深如大海
来到村头转拐处
那丛田埂上的野菊花如约开放
像是我五岁半的女儿小雪涂鸦的太阳
它们被女儿错落有致地排列在故乡的画布上
她的小手指着最高最大的那朵说“这是爸爸”
又指着旁边的一朵说“这是妈妈”
然后在一朵小小的金黄的太阳上画上公主的皇冠
再画上笑脸，得意地叫道“这是我”
在这丛野菊花处左拐是远方，直走是家

相对

我是东边的高山
你是西天的云霞
请不要躲避我深情的目光
在每个落日的黄昏
你那羞红的脸庞
是对我深情的报答
可我最爱的啊
是你那欲雨时的愁容
和你那多情的
打落在我胸膛的泪花
你看，这满山的春光
不正是我们浓情蜜意的最好表达

我是东边的高山
你是西天的云霞
请不要怀疑我真诚的目光
我为了获得你的芳心
愁成了这般模样
从春绿到秋黄，直到满山的白发
可我最心急的啊
是那风起时的黄昏

看着你那漂泊不定的身影
只要你给我一个肯定的眼神
我就会毫不犹豫地
献出我全部的忠贞

安魂曲

——写给“5·12”震灾中逝去的亡灵

脚步轻些
她恐会听见
夕阳的光
请你稍稍收敛
她就在近旁
那紫色的蔷薇花下

那紫色的蔷薇花下
正是妙龄的她
过早地
把梦埋下
犹如那株梦里的蔷薇花
经不住突来的风吹雨打
徒留残梦
残梦，在夏夜的星光里发芽
听，她在呓语
花枝上有她的呼吸
夜莺也不再歌唱
怕打扰她的梦乡

这如水的月光
悄悄地就
洒落在她的脸庞
安息吧
女郎
愿你在天国里
有一样甜美的梦
一样如水的月光
安息吧
女郎

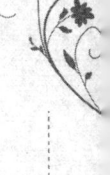

杜牧写意

你的生命只属于诗和酒
而你的诗只赞美那如酒的美人
你的诗亦如烈酒般醉人而多情
但真正能使你常醉不愿醒的
是那美人的红唇
不要问牧童哪里有醉人的酒家
杏花村的佳酿浸泡透了娇娘的泪花
你只须循着娇娘的味道
就能找到你想要的逍遥
你喝下的分明是酒
品出的却是佳人的味道
于是你得意地高吟低唱
好像你的生命之花正在开放
你寂寞的心也不再流浪
这绮丽的花朵
有着细嫩的楚腰和满蕊的愁肠
伸手就可以摘来把玩于掌上
听她轻歌，观她曼舞
轻盈的姿态如天仙下凡来
你遂醉了
醒来的时候已是发如雪

连同你的梦也开出白花来
此时的你难免感伤
再也不会有红唇妙影把你的心事猜想
你悠然走进梦的影子里
带着你的诗和酒
等待着那五彩的迷色把你埋葬

多情的小雨

暮秋的小雨
悄悄洒落在我的心里
冰冷的夜
勾起我无尽的回忆
你是一只投林的雁
我知道，你刚从远方归来
历尽了风尘的洗礼
我恨我不是一棵大树
能够让你安宁地栖息
我只能把我渺小的身躯
化作一把小雨伞
化作一件冬衣
为你遮风挡雨
可青山悠悠
冷雨声声
你在哪里?

来吧，上帝
请带走我的灵魂
飞进你的梦里
梦里的风光一定绮丽

梦里的朝阳正在升起
你的回眸一笑
让我醉在春风里
而你的片刻迟疑
给我的就是凄风苦雨

窗外的小雨下了又停，停了又下
点点滴滴打在我心里
犹如我对你的思念永不停息
直到泪水模糊了我的视线
分不清是雨打湿了我
还是我打湿了雨
这多情的小雨
滴滴刺痛我的记忆
这多情的小雨
点点滴滴打在我心里

荷

当鸟儿们开始歌唱
你悠悠从睡梦中转醒
朦胧的眼角还挂着几许泪光
不知你昨夜的梦里
是悲还是喜
而此刻的我
只愿化作缕缕晨光
柔柔地亲吻你的脸庞
猜不透你少女般的心事
我却甘愿
痴痴地醉在你的身旁

当徐徐晨风
轻抚你娇嫩的腰
卷起你碧绿罗衣的一角
我沉醉的心
随着你美妙的舞姿一起荡漾
一起荡漾在这心湖的水中央

这柔暖的晨风
再轻些，再柔些

千万不要惊飞那对水中的鸳鸯
想必他们的心事
和你一样
可你的妙影啊
更愿奉献给月光
只有在那柔淡的月色下
你才肯把少女般的心事绽放
趁现在月亮还没爬上树梢
请允许我化作你脚下的一棵水草

候鸟

你走吧
不要留恋
我这棵扎根黄土的小草
也不要把离愁
挂满多情的眉梢
我这棵小小的生命
注定无法兑现天长地久的约定
尽管你我从不怀疑彼此的忠贞
你看，西天的乌云密布，北风又阵阵

你走吧
在风雨来临之前
我不忍看见你风雨中孤飞的影
快去寻找你的春天吧
连同带走你痴情的心
但请你记着
这棵小小的生命的一段柔情

火之舞

熊熊的篝火燃起来
欢快的彝歌唱起来
热烈的左脚舞跳起来
这是一群火的精灵
有着火一样的心
有着火一样的情
丰收的喜悦在火里泛
甜蜜的爱情在火里长
东山的月醉了
西天的星笑了
那醉了的老者
一定梦见了曾经的姑娘
你看他脸上的笑就知道
还有那位多情的姑娘
再给这位羞涩的小伙满上
满上一碗火酿的酒
醉透他那烈火一样的心肠
来吧，还有这位异乡的客人
不要再独自低沉
这里有火一样的歌谣
这里有火一样的情

这里还有火一样的姑娘
快去把她的小手牵上
围着这熊熊的烈火跳起你的脚
不用担心你跳得不合拍
只要你敞开心扉
你就会融化在这火一样的歌潮情海
也把你自己燃成一团火
在这火一样的精灵中燃烧你的梦

蕉窗听雨

窗外
漫着绿烟
如愁。窗内
心如泛波之舟，碎在
绿袖上的，晶莹
醉在心头上的，熟透

最不忍听
是此刻的声音
从疏落的古琴声中走来
在幽咽的洞箫声中沉静
又被铿锵的古筝激起
爆发如琵琶声中的万马奔腾
来，如潮涌
去，如潮汐
聚，如梦起
散，如魂离

菊

百花凋残的时节
你独自芬芳
秋风秋雨的洗礼
穿透千古的凄凉
没有蜂蝶谄媚
你却也悠悠绽放
将你那袅娜的身姿
融化在似水的月光

我多想是一只小虫
柔柔地亲吻你的脸庞
在你寂寞的日子里
静静躺在你的蕊中
轻轻抚慰你
娇嫩的花房

浪花

当微风徐徐
你开在浪尖
义无反顾扑向岸岩
一次次击打着岸岩坚实的胸
却又一次次粉碎着
你悠然的梦

我独坐船头
你无比娇羞
从不让我牵紧你的小手
我还来不及表白
指尖早已滑落
你的温柔

老者

你的笑
是暮风里的花
轻轻地凋
你的愁
是窗外绵绵的雨
细细地打着芭蕉
你的寂寞
是月色里长长的影
静静地听着秋虫的心跳
你的相思
是酸酸涩涩的橄榄
零零落落地挂在树梢
你的爱情
是残破的蛛网
粘着早已死去的知了
你的人生
是土墙剥落的雨巷一条
巷的尽头连着梦的微笑

离歌

离别的时候
请不要转身
因为我们彼此都不忍
看见对方的眼睛
轻轻地道声珍重
挥挥手，你就走吧
这次的离别
是为了下次的重聚
如果没有暂时的离别
哪来刻骨的相思
我们的故事就会是一场
无声的黑白电影
离别多久，相思多稠
只是不要忘记，从此我们都
不要独立在落雨的清秋
也不要去看阶前的闲草庭花
更不要去听子规的啼愁
我们只须记得彼此的约定
当天空再次飘雪的时候
一起去看山顶的风景
轻轻地道声珍重

挥挥手，你就走吧
不带走一点寂寞
不留下一丝离愁
待我们重聚的时候
让我们细数相思的褶皱

盲者

深邃的眼窝
紧锁着
你无尽的黑夜
可你心里的灯却从未熄灭
你最爱的是
坐暖落雨的秋天
再数一数秋虫的鸣叫
听一听雨打檐下的石阶
这时，你光滑的竹杖闲卧
你静谧的心里却泛起微波
看不出你的悲喜
猜不透你的秘密
读不懂你的心事
有时你自言自语
像是正在沉吟的诗人
只有黑夜里的百灵
才能听懂你的诗音
没有阳光的日子
你用思念的脚步追赶春天
你从不拒绝黑

却总在夜里酝酿光明
因为你的梦
梦得比任何人都深沉

木棉花

我最爱的
是你含羞的模样
五片青嫩的萼衣裹着
一点藏不住的
粉红的心事
剪柳的风一拂
你便露出处子的情怀

三月的蛩音不响
你迷人的笑脸不开
直待着那对踏青的情侣
虔诚地对你许下诺言
你化不开的心事，才甘心
大胆地在春光里怒放

青春的浪花

我在青春的河里泛波
你从窗里抛来小小的笑
掀起绯红的春天的潮
可对此我无以报答
只一头扎进水里，还你一个
青春的小小浪花

请你快收起，你的
小小的笑，藏进
你小小的窗，紧掩
这属于我们的春的寂寞
你看那远方，是多么
宽广的明亮的河

逝

我听见
幽深的迷谷之中
一朵绯红的小花
呢喃心中的梦

我触到
空荡荡的心胸
一颗不甘寂寞的灵魂
抱紧夜的虚空

我看见
记忆的灵光之中
那醉人的双眸炯炯
干枯的回忆
吻着死去的残梦

童年

童年是水晶雕琢出的梦
童年是一道彩虹
童年是暮归的牛背
童年是邻家女孩的泪水
童年是饥饿的双眼
童年是一次惊心的冒险
童年是天上的星月
童年是土掌楼上冒起的炊烟
童年是装着纸飞机和电池盖的书包
童年是淌满泪水的露天电影一场
童年是她的麻花辫
童年是一坛等待开启的老酒
童年是碎了又捧起的柔肠
…………

我

我犹如
人潮人海中的
一滴水
逐着浪来
随着潮去
来，开成一朵奇异的小花
去，碎成万道粼粼的波霞
只不过，带走了一丝丝
春的愁
夏的忧
秋的寂寞
冬的守候
留下了，一串串
潮湿的相思和烦忧

一朵花的墓志铭

悄悄地凋落
来时寂寞
又归于寂寞
假如你为此伤心难过
那只是我无意间
把爱的种子洒落

骄傲的姑娘
请你再一次为我歌唱
这一次，我将
永别你去远方流浪

我的农民兄弟

——写在全国抗旱之际

干裂的大地凝望着浓黑的天空
犹如久别的情人期盼着爱的滋润
请不要怀疑我赤诚的眼神
你看，我有太阳一般的肌肤
和一颗烈火一样的心

多少个清晨与黄昏
这太阳般的肌肤
只有汗水把它滋润
多少个日暮与黎明
这烈火一样的心
焦急着大地的根

都说大地啊，你是我们慈祥的母亲
你承载着天地间的生命
可在你脊背上耕耘了千百年的人们啊
有着和你一样宽广的心胸
有着和你一样生生不息的精神
他们那凝重深沉的眼

要把大地母亲的心事看穿
他们那坚实的臂膀
承载着大地母亲的恩情
而他们那双粗大的双手
创造出了多少灿烂的文明

朋友，如果我们热爱生命
就请珍惜大地母亲的恩情
如果我们热爱母亲
就请尊重这在母亲脊背上耕耘的人们
是他们坚实的臂膀
托起了清晨的朝阳
是他们朴实善良的心
撑起了希望的桥梁
是他们勤劳的双手
创造了明天的希望
他们是大地的一部分
他们是大地的灵魂
他们是我的农民兄弟

叫声我的兄弟
快把我们的手握紧
这浓黑的天空再也承受不了
你凝重深沉的眼神
就让你焦急的心
爆发成惊天的霹雳，闪电般刺破乌云
你多情的泪水再也不能忍
这一刻，打湿的

不仅是你干裂的唇
还有那干渴已久的
大地母亲

我和你

你是一朵小小的山花
我是一缕浅浅的白云
我轻轻地望着你
你悠悠地向着我
却从未把春的秘密诉说
只使得这柔暖的春色更加消瘦

我要你一颗痴了的心
你却赠我一抹红火的愁
我和你，无言地相候
直到你给我的春愁熟透
直到你的心不再为我停留
春天的风里
飘落着你翠鸟似的梦

香烟

把一场悲剧点燃
于深沉的夜里舞动
赤裸的灵魂，扭曲又摊平
多少个寂寞的夜
你袅娜的身姿
犹如那个多情的女人
在我的眼前
酝酿另一场悲剧
可春色尚浅，结局未定
而你却总是固执地
把我的春梦
燃烧成灰烬

相遇

你赠我眉梢的桃花
我还你三月的荡漾
你有低首的樱桃
我有如雷的心跳

夜空

天上闪动着的星星
犹如她初恋时的眼眸一般透明
她的眼会说话
夜风需要用心去聆听

最难忘的是
她那无语时的低首
犹如此刻浮云遮不住月的娇羞
最销魂的是
她那噙香的说谎的嘴唇
如月光下的山茶花恋着露珠的柔情

我想此刻的她
正在天河里畅浴
她那含情的眼睛
正盯着这地上的断肠人

一朵情

一朵情做的小花
放着寂寞的颜色
含羞而又急迫地吐着蓓蕾
这是心事也是秘密
可千万不要去猜噢
它有毒的情刺扎着你
定会让你的神经错乱
顿时痛痒入骨
也千万不要去谄媚它呀
任何愚蠢的冲动都将折损它的美
不要被它的寂寞所迷惑
那正是它的毒药
虽然它美丽的颜色也正因其毒素所致
可那正是人世间最致命的武器
它幽幽地含情低首
不觉瞬间就摄走你的魂魄
从此你的灵魂就被它奴役着
直到它的毒素耗尽
它的寂寞不存
那美丽的颜色也消失无踪
可这时的你也已耗尽了所有的热情

情做的小花散尽了迷人的香
中毒的你毒散清醒
花非昨日色，人非当时影
这时，生命的寂寞袭来
花有寂寞的追忆
人有逐花的故事
这朵寂寞的小花
留下一段传奇

蜘蛛

吐尽情丝
用“心”织
织成一张透明的网
希望捕获
那使它愁闷孤寂的“敌”

燃尽热情
用“梦”待
待着一场虚幻的“谜”
希望梦见
那使它愁闷孤寂的“敌”

直到
丝已尽
心已碎
“情”成灰
“梦”成影
残破的网上秋露滴滴

不见网中央待成的“痴”
只见残网上粘着枯死的“谜”

原来，这只是一场戏
戏中的角色已散去

丝尽腹空的它四处游离
“情”冷梦醒的它没有悲凄
离了那残破的网
它低伏在树梢、草尖、花下
很自在，很轻松，很甜蜜

月下与李白对饮

斟一杯素月的流光
闻着桂子飘香，却原来
是你携来月宫的美酒
这绝世的佳酿
你用月中的桂花作料
却在诗里把它发酵
再燃起浪漫的童心把它蒸烤
然后放进寂寞里窖上一千年
只待着懂你的人来
对饮成五人
这岂不热闹
你携来一壶浪漫
醉了羞花
戏了盛世
小了王朝

大漠边关的冷月下
你是仗剑的侠客
江南的风花雪月里
你是柔肠丹心的游子
来来来，请坐

我们同是异乡客
不必去管床前的明月
也不必去想什么狗屁的翰林供奉
趁现在宇宙还没停止转动
我们赶快把这瓶佳酿喝光
管它醉后吐出的诗行是臭还是香，人家懂还是不懂
来，干！
就为我们这寂寞等待了千年的一聚

卷二　古典诗词

春辞

软语惊红雨初歇
春江夜色柳含烟
遥知幽人怜三月
芳草落落又经年

金沙引

猎猎西风不染尘
怡红快绿日日新
摇裙夜雨香凝露
半嗔君薄半恼春
恼嗔才消痴还至
相思作茧乱纷纷
眉山紧蹙伤心碧
雾锁金沙水沄沄
逝者如斯难追忆
东君不解美人心
红肥绿瘦玲珑骨
万紫千红无知音
且把金樽入罗帐
春宵梦里不成双
丹唇无语红烛冷
孤枕难眠半倚窗

咏红军巧渡金沙江之石花滩战役

碧水金沙五月天
红旗直指破西滇
石花烘日浮桥驻
烈马嘶风大鸟旋
稚子村姑别堑下
长缨铁戟列江前
硝烟未尽青芦笑
报告三军已入川

新拟元谋八景（八首）

猿人遗址

凄凄碧草摇苍狗
十里黄泥掩墓丘
影落高台梦远去
烟村漠漠唱斑鸠

土林奇观

雨錾霜峰捧旭日
黄沙雁落影参差
沉沉一脉千年事
月塑风雕傲骨奇

古刹春波

春池影乱琉璃瓦
古刹晨钟醒梦鸦
堪待元宵鼎沸处
红男绿女浪头花

凤凰湖晚

暝色龙川一水孤
华灯共月凤凰湖
高楼影破清波冷
蹬蹀青鱼绕紫芦

金沙春晓

金沙旭日绿波凉
两岸新枝吐嫩黄
万缕清风寰宇净
春山几处赛红妆

晨照马樱

晨曦一线浴红妆
绿萼犹沾宿雨凉
满蕊幽情不是泪
无言冷扣梦遗香

龙街渡口

金戈铁马蹄痕在
玉莽森森锁大江
碧瓦炊烟袅袅处
芦花映日小轩窗

东山远眺

莽莽哀牢起大风
山河万里舞飘蓬
尘埃落定凭春雨
热坝宏图五谷丰

元谋冬之韵（二首）

其一

满树胭脂不是春
元谋景物一时新
扶贫路上歌尧舜
为遣芳心可入秦

其二

最是一年冬好处
桃似胭脂人如酥
满园芳迹踪难觅
嫣然一笑入画图

桃花诗（十首）

梦桃花

一杯清酒慰愁肠
醉倚西山枕落阳
好梦轻随紫燕远
柔烟香染绿风凉
魂牵艳色萦幽谷
魄驻荒丘怜嫩芳
莫怨花神人易瘦
且抔春骨卧高冈

访桃花

嫩寒春雨梦难酬
懒戴晨妆试一游
蜡屐沾香情得得
诗心染绿兴悠悠
低飞燕子清声远
近落桃花艳骨稠
自古佳人多薄命
残红袅袅向荒丘

问桃花

欲问春情众莫知
姗姗负手向东篱
红肥绿瘦风摇影
嫩软香清月赠姿
野墅田村舞落日
荒丘草甸埋相思
幽溪艳骨谁收起
碧水芳心梦有期

赏桃花

碧水东流绕紫城
逗蜂亭畔雨初晴
春来万缕芳心破
情衍千般寂寞生
引手沾香怜静树
抛书弄影惜柔英
红唇一点丹霞色
暗许幽期寻旧盟

咏桃花

酡颜向月身逶迤
稠秆疏枝骨自奇
不傲冰霜香满院
轻沾雨露情淹篱
无心野叟科头坐

有梦佳人倚树思
遥想武陵源尽处
桃花碧水两相知

对桃花

欲酬新梦慰庭芳
半掩诗窗向落阳
把酒频邀绿树暖
临风惜护红英香
幽情漠漠花无语
妙影翩翩人断肠
借问春神何处去
来年早访透篱墙

供桃花

东篱折得一枝春
半吐红芳不染尘
案供瓶栽莺谷水
窗吟月倚鹤巢人
幽情冷透诗心远
好梦香沾画意新
慰语桃花怜寂寞
何妨搔首忘清贫

簪桃花

披衫负手向东篱

忍踏香泥折嫩枝
鬓白发衰斜插戴
情愁梦软病相思
吟红春袖诗肩瘦
染绿芳心燕语迟
且饮千觞斟艳骨
旧词新唱慰佳期

画桃花

吟罢桃花口尚香
丹青又起费思量
毫端蕴秀风摇影
腕底生愁人断肠
浓淡胭脂春雨里
浅深灰墨暮村旁
诗成戏笔题飞燕
横挂书斋对饮浆

绣桃花

欲绾春神聒晚鸦
西窗剪落碧桃花
幽人独坐深闺冷
玉树轻摇孤影斜
一捧芳心描艳骨
千针红雨舞蝉纱
鲛绡惹泪题新怨
寄语情郎莫忘家

桃花诗余韵（二首）

过桃花丘

燕子低低飞
桃花袅袅落
斜阳半山外
离人悠悠过

咏桃花

红肥绿瘦风前舞
为解诗心故弄姿
野墅田村开满阵
半溪艳骨谁相思

元谋新华乡第二届桃李节采风有感

莫道春花总易凋
莺飞草长野芭蕉
桃红李胖曈曈日
硕果枝头话舜尧

元谋春景

桃花影乱燕归来
碧水青山对门栽
细雨呢喃艳骨落
香魂有梦上瑶台

诗会吟留（二首）

其一

人生若无大力石
世上骚人岂有诗
一杯干来惊风雨
两杯干来长相思
三杯饮罢天涯路
四杯下肚恨别离
何如对饮逍遥客
共揽霜月花瘦时

其二

多情自古易白头
一瓣春花可作舟
酒是橹来诗为桨
月波袅袅天门游
闲来斟满大力石
斜风细雨不关愁
醉后高卧瑶池下
唯有饮者笑王侯

春辞（二）

莽莽哀劳起大风
彝州遍地好花红
春雷一响方晴日
便有宏图矗苍穹

劝酒辞（二首）

其一

红颜把盏君当笑
永胜美酒数葡萄
眼底风云都饮尽
多少骚人卧亭皋

其二

平生愿作酒中仙
揽月摘星花下眠
醉枕寒香魂梦冷
醒来冰骨碍高天

题醉翁亭酒坊

其一

不见亭翼然
平湖半抱山
闻香栎果落
酒气接夕岚

其二

把盏在高楼
青云上鹭鸥
颉颃啭啭去
只剩鬓霜愁

锦堂春·凤凰湖畔

晚风朗月桥头，
白玉栏杆轻扣。
蛮腰袅袅青荇舞，
拈花愁浇透。

曼言芳情无着，
眉蹙婵娟如钩。
来去都作风扬柳，
恰青春豆蔻。

咏蝉

大梦如初醒
伏枝待启明
无风亦虎踞
一响震山阴

咏白鱼

诗书万卷穿肠过
瘦骨冰心留墨香
眼底风云一笑散
三毛袅袅羡鸳鸯

春辞（三）

龙川北走注金沙
隐隐西山枕晚霞
大鸟翔空驮满月
元谋热坝落繁花

游金沙江遇风雨

千回百转朝东去
万马嚣尘向我来
独揽江滔雨岸立
冰心瘦骨任风裁

清明逢雨

清明小雨过山阴
半打桃花半入林
最是幽人怅望处
红消梦断碧罗衾

羊街坝以河水库题留

新寒锁梦春山冷
把酒情邀绿水洲
最是一年花好处
烟村十里落沙鸥

过洒洒依

极目云低树
山风动紫尘
落花无语处
正好行幽人

春闺

嫩寒春雨桃花瘦
儿女新添隔夜愁
不解郎心可有意
红妆懒怠下西楼

夜宿龙街渡

芦白秋江夜有声
金沙冷透寒烟平
伶仃诗客挑灯看
野渡舟横孤月明

赴杭州诗会

紫气东升招野鹤
西楼折柳忍听琴
长风舞袖千层浪
一捧诗心上武林

西子湖畔吊古

碧瓦森森春抱树
西湖细浪暖黄莺
玲珑宝戟金鞍马
娩婳将军*玉带营
越甲三千成朽骨
苏堤十里有芳情
前仇霸业凭谈笑
一任蛮腰粉黛轻

* **娩婳将军：** 原指明代林四娘，这里借指春秋时吴军中的女军士。

五一节游西湖

汗雨蒸云压武林
西湖嫩柳自沉暗
春风一抹黄莺落
但见蛮腰手捧心

西湖遇洋美人

金发横拖倚断桥
白堤杨柳小蛮腰
黄莺曼舞呢喃处
碧眼惊春落晚潮

咏红军过元谋

曲径松涛驻足地
云横万里雨初晴
森森铁戟长缨立
莽莽高原大鸟鸣
碧草芒鞋暑气重
红星布帽戎装轻
三军过处民皆喜
扫尽豺狼天下平

咏红军巧渡金沙江遗址龙街渡口

汤汤一派大江横
万里彝山雨后晴
漫卷红旗飞镝处
桃花碧水忙春耕

减字木兰花·仲春

经雨花重，落红幽情谁人懂。斜风细雨，病酒孤客朝天去。
切莫怅望，雷应山上几断肠。湿透薄裳，负了佳人负春光。

雷应山（二首）

其一

万古月光万古山
万古长空今人看
天路缥缈寂寞处
腾蛟起风诗书残
冷眼西顾风凉时
红灯绿酒梦正酣
青云无路独搔首
夜数落花花作伴

其二

驱车凌绝顶
朝阳映马缨
携手美人瘦
观花痴语频
山风冷翠色
杜鹃凝血痕
唯恐春易逝
愁对花前影

画众生相（谜面十二首）

其一

逢人未语笑弹冠
只因朝野大树弯
迎来送往龙虎气
高谈阔论麻一团
翻手为云能播雨
挺肚成海可撑船
不是俗子大不同
酒色财气都占全

其二

飘蓬宦海漫嗟吁
虫腿鼠目逞威力
萤火之光苦经营
瞒天阴谋好游戏
铜盘铁盏都嚼碎
朽脑枯肠皆藏蛆
通身无骨一声诺
犹如破蛹展雄羽

其三

荷锄倚天地有根
万里流霞山色新
哞哞白鹭凌空去
漠漠水牛卧南滨
朝朝暮暮尽夕阳
风风雨雨透平林
惯看春花与秋月
饮水牛津共忘贫

其四

一无所有好冲锋
无牵无绊最英雄
安使水泊梁山在
翻身变作混世龙

其五

手握方兄有底气
四海通达关系密
酒色财气都用尽
吃喝玩乐皆是计
驱龙走鬼三寸舌
谋权取利十层皮
一张阴阳怪气脸
千古难画数第一

其六

愁做袈裟欲为扣
与时俱进住高楼
圆头滑脑驱车去
心满意足归金瓯
朝看闲花落满院
晚听清响禅心幽
不食人间第一色
除却多少烦与愁

其七

无级无品带个长
非官非吏有名堂
吃喝玩乐见本事
不学无术也是王

其八

远看凤凰近看鸡
虽然有毛不稀奇
只要人夸好颜色
迎风巧笑树荫里

其九

号称先生居乡里
堪逢盛世数第一

咬文嚼字须昂首
诲人不倦有意气
皮包骨头何妨瘦
书藏佳人且自欺
沥尽肝胆披星月
白首换得鸟人居

其十

敞怀雄居路中央
不打竹板不持棒
盘腿伸手如天尊
蓬头垢面似霸王
朝饮女儿国中水
夜卧王母榻下床
斗转星移观日月
长吁短叹赛张良

其十一

巧言令色自为雄
半生奔波终沉没
头尖似钻难拔出
情薄如纸易戳破
肝胆俱黑经风雨
眉脸皆白受冷落
一朝心灰死意起
不披袈裟来学佛

其十二

琴棋书画略微懂
最擅歌舞似抽风
台下十年苦练艺
台上展眉三分钟
人前风光若星辰
背后心酸惊噩梦
青春耗尽好还乡
留得艳名一场空

偶感（三首）

其一

风雷鼓动已吞声
绿雨红花伴孤魂
忠肝义胆名犹在
常向苍穹怅望君

其二

自诩鲲鹏搏雨急
何惧风云涌大地
五湖翻腾志未酬
九天长叹陷囹圄
冷雨冷夜冷彻骨
还向西海笑鹍鸡
唇白齿落气犹在
山河依旧梦已稀

其三

秋雨绵绵无尽日

正是书生得意时
葡萄美酒红唇笑
半醉半醒且为诗
听雨看雨雨敲窗
茫茫无着天与地
会须仰脖三万杯
零落身后名与利

题蝶

欲离还顾自翩跹
难舍红尘风中缘
许是九天多情客
谪在凡尘也是仙

火把节前夕客居楚雄

满城夏雨满城花
多少娇娃在天涯
威楚雄风今胜昔
车如流水楼如麻

题第三十个某节

中秋才过又逢节
桃李园中列神仙
举杯邀月月不出
且看佳人舞蹁跹
香樟树下独搔首
雷应山中十三年
红唇烈酒君当笑
浮浮沉沉有圆缺

赠发妻

红颜无光着素衣
漠漠躬耕骄阳里
昂首只为东风来
凝眉却愁黄鹤去
年年相望秋山白
朝朝还顾稚子饥
荷锄踏月蹬音远
声声清唱又别离

大雾日独居臆与神女共饮

携壶酌君踏云来
青山隐隐夕阳在
小院雾锁淑气重
青瓦露滑豆蔻开
举杯同消忘忧日
吟诗共赋咏絮才
但愿朝朝复暮暮
一醉万年在君怀

谜面（四首）

其一

遥遥大厦居天官
佛眼如炬望平川
高矮胖瘦都是神
各领风骚三两年

其二

威震三山只因廉
横眉竖眼心似铁
万种机关全参破
哼哈一声非等闲

其三

万年长青居福地
铁胆铜心一雄鸡
时时闻得骥尾响
登高一唱震乡里

其四

阡陌小路一条条
四面通风人气高
诸公未至先摇尾
狂吠一声重生了

咏金沙江

逝水东流不复返
白云孤舟万重山
雄师铁马蹄痕在
日灿金沙十里滩

凉山月夜

弦月星稀风弄影
碧浪叠叠桃李魂
近看山色如泼墨
远眺热坝灯似荧
愁客观空星无语
夏蝉悲秋夜有声
古今人月同一梦
痴情难免泪沾巾

大暑观西山雾

西山错落白云飘
连天接地乘风来
洒落人间瑶池泪
化作莲花带露开
仙女纷纷驾云急
偷向人间觅真爱
龙川如练随风舞
雾锁幽谷赤子怀
何当梦里鹊桥会
不负月老巧安排

东山独处

西山浮云灰
东山满眼翠
谷空鸟声远
月缺光泻微
凹池蛙语欢
村野老妪归
燕绕梁间巢
游子沾衣泪

对蝉（三首）

其一

蝉鸣成阵秋山深
雾锁雷应碧有痕
且喜半日金乌暖
不拜华盖叩佛门

其二

撕心裂肺意如何
雨后空山多寂寞
唯恐一夜霜飞冷
声声呜咽秋花落

其三

声声惊破秋梦急
默默山花愁不语
一夜秋风秋雨后
人添闲愁山增碧

雨夜遥寄（二首）

其一

冷雨凄风不可听
空山烟雨欲断魂
欲问芳草居何处
空山鸿雁有回声
鸿雁声声山色冷
我欲与之诉柔情
衷肠难尽雁留影
借我柔情慰浮生

其二

透窗烟雨几时歇
洒落痴心漫无边
我将柔情诉丹云
随风飞渡到君前

凉山观雾（二首）

其一

迷雾漫乾坤
松柏滴翠冷
钟鸣活佛寺
飞鸟欲断魂

其二

雾绕云髻峰
香山烟雨濛
林隐活佛寺
无禅心有梦

山色

雨后山色翠
幽谷轻含烟
入林听唱鸟
放眼看暮天
苔新才凝碧
叶黄又经年
斜径独步去
风轻不思还

凉山夜雨

窗外淅淅沥沥雨
灯前冷冷清清人
丝雨不断空飘洒
愁客闷坐听雨声
雨自淅淅忽滴滴
人徒凄凄与昏昏
听雨看雨雨敲窗
弄影怜影影自狂
谁人多情弄焦尾
惊醒花梦与雨魂
伤心雨魂空落泪
泪染花心见湿痕
万丈柔情空抛洒
千里群山闻泣声
粉面顿失娇颜色
隔窗犹怜羞姿冷
冷雨冷夜冷彻骨
凄风凄梦凄清影
凄清花影凄清人
人影花影乱纷纷
潇潇夜雨何时歇

闲看芳姿花枝嫩
洗尽碧色泪方干
梦完痴情心余恨
此梦终有醒来时
凉山夜雨小山村

题画荷塘春色

碧色争春梦正酣
凌波微步嫩腰斜
娇若西子不经风
艳赛羞花正华年
不期风雨来何速
哪堪雷电向粉脸
惊破春梦梦难续
抱得春情不忍眠

三月

春色桃花雨初歇
半帘新柳舞窗前
莺莺燕燕低飞去
无尽相思白云边

咏柳

独醉夕阳舞晚风
半轮明月挂碧空
初发细叶迎春早
堪折相思对白翁

题画·妙影

不语花漠漠
无风暗飘香
凝眸烟波渺
岂是为情郎

题画彝族年

梅雨潇潇奈何天
彝家碧玉正华年
怡红岂非因快绿
多情难解愁百结
山间松动眉靥飞
左脚舞起风柳斜
君前欲语半含羞
藏得闺情十八年

题画荷

山如泼墨轻含烟
江静舟横人自闲
身置泥沼独露茎
试问谁人信高洁

题画元谋之春

北国雪尚飘
元谋春神早
瓜果笑绿媛
红粉逐春潮
眉飞歌随起
色舞香乱摇
岂因地气暖
独可领风骚

题画一夜新雨

春色烂熳碧有痕
一夜新雨景物欣
红肥绿瘦悄悄语
荷香十里乳凫鸣
小家碧玉晨衫薄
丹唇一点眉黛青
欲问芳龄居何处
玲珑幽情在湖心

对饮

意欲酬知己
愧无桂花酒
举杯频相邀
何处染闲愁

秋日即事

玉嫩香软怜冷色
红疏绿倦倚秋烟
琴韵轻狂随起落
茶凉忘饮半日闲

咏蝶

本是无情物
寻花为哪般
觅得花间露
春光始灿烂

咏荷

春雨荷池露沾裳
碧玉照影波留香
晨风醒梦新色冷
忍看双影戏水忙

咏黄连

黄连枝头九月秋
串串累累颜色透
经得一夜风霜冷
斑斑点点味方厚

咏蛙

夏夜君最忙
奈何咏凉天
终究池中物
声大亦等闲

咏竹

尺纸丹青费较量
千古高风诗百章
孤洁难入时人眼
心空岂可作栋梁
节节义气枝凝碧
叶叶霜剑锋难藏
山间云旁伴日月
谁人可与诉衷肠

咏紫薇（四首）

其一

暮雨霏霏复漠漠
闲对紫云胭脂落
红愁绿湿芳心倦
韶华风光易蹉跎

其二

盈盈风动腰
袂碧舞姿妙
洒落丹霞色
羞煞太真貌
痴客频观叹
佳人空自娇
只愁烟雨散
魂飞彩虹桥

其三

三分残落七分娇
半老徐娘犹弄俏
粉面未干胭脂泪
泪染花心恨如潮

其四

千娇百媚岂足凭
万紫千红总赖春
好风一去情无限
花开花落了无痕

中秋节前夕望月（二首）

其一

秋风秋夜石板凉
闲卧凤凰凤荚香
秋虫唤出天上月
婵娟盈盈差一夜
相逢恐是在梦中
清辉耀波影徒乱
月宫仙子多寂寞
忍看人间尽团圆

其二

云舒云卷皆自在
月藏月飞倚云裁
古人对月兴把酒
今人望月愁入怀
桂子花开月中落
相思梦残恨里埋
何当携手共婵娟
月宫仙子下凡来

白露

露浓霜飞冷
叶落知秋来
竟夕起相思
数易三十载
悲情何所发
残蝉兴远怀
伊人独不见
忍看雁成排

独登东山

荷锄入幽去
山空鸟不语
对花花默默
绿苔惹青衣

故乡烟雨钓波

着屐踏尘去
逍遥入雨中
风雨自潇潇
山河仍蒙蒙
濯足清溪水
掘坤紫地龙
持竿波影乱
心闲理无穷

观花

三十年来看飞花
花开花落总牵挂
碧色争春情难禁
落花流红悲轻发
多情不为醉花魂
断肠总因栖昏鸦
光阴荏苒难相恋
花梦易醒人倚霞

题画荷梦

一夜新雨狂
浓情梦留香
露润芳姿软
玉泻秋石凉
羞红染霞云
嫩绿锁寒江
花红因有梦
痴秋报恨长

菩萨蛮·题画枉凝眉

高山流水客稀处，
凭割断千思万愁。
一曲离歌起，
谁人可凭栏？

帐闲草庭花，
舟横寂寞树。
不是钱塘旧影，
难识归来路。

踏青

暖风惊蛰虫
白云扑面飞
桃李羞含笑
春神黛绿回
花开花落红
云卷云舒飞
浮生三十载
柔情诉向谁

无题

自在飞花花落尽
花落流红苦争春
春风一去恨无限
知是无情与多情

登永仁方山望江亭

遥望方山满眼翠
势拔五岳愁云飞
横空出世望江亭
凌云飞鸟惊天雷
入林突现香山寺
倚亭骚客顿低眉
但闻天马朝天鸣
踏破天河泻凡尘
注入滚滚金沙水
东逝滔滔迂千回
劈山巨浪谁能遏
暮霭飞花彩云追
武侯屯兵欲平蚩
睹此天堑亦惊魂
青山千年埋忠骨
枉称英豪作蜀人

游龙街渡（二首）

其一

金沙江水向东流
不解人生万古忧
青山横出白云梦
思君不见使人愁

其二

白水东流不复返
千峰峥嵘碍高天
朝朝暮暮竟喧哗
寻寻觅觅紫云边
惯看秋山颜色冷
浅吟浮生半日闲
骚首哪堪多情梦
田野山光好墓园

游山

山色滴翠冷
痴语话斜阳
相顾美人瘦
一段嫩柔肠
步入深处去
林幽归鸟唱
值此闲情日
着甚浮生忙

月夜登东山

惯看月色阑珊时
人间几度中秋夕
山如泼墨轻含烟
人似倦鸟空伫立
光华流转山万仞
情思飞动愁千里
欲问伊人蹙眉处
忍看黄叶逐秋急

雨后登香山

朝入香山游
露滋碧色透
金光耀灵山
晨钟醒梦楼
木鱼声声咽
老僧不解愁
忍踏落叶去
遁入空山幽
但闻惊鸟鸣
难觅踪与影
听松林泉下
洗心观浮云
云动松风咽
愁煞李诗仙
漫言知音稀
回眸尽云烟
子期生平贱
伯牙岂等闲
神交与心往
毁琴高义传
我歌云动容

我舞群山癫
极目三千里
驱虬上九天
仙女尽罗列
王母顿低颜
斟来琼玉浆
醉卧凌霄殿
值此舒怀日
大梦叹无边
人生难称意
痴客且尽欢